sentinela

JULIANE VICENTE

Sentinela

Prêmio Malê de Literatura

Todos os direitos desta edição reservados à Malê Editora e Produtora Cultural Ltda.
Direção: Francisco Jorge & Vagner Amaro

Sentinela
ISBN: 978-65-85893-22-0
Edição: Vagner Amaro
Capa: Dandarra Santana
Diagramação: Maristela Meneghetti
Revisão: Louise Branquinho

Texto revisado segundo o novo Acordo Ortográfico da Língua Portuguesa.
Proibida a reprodução, no todo, ou em parte, através de quaisquer meios.

Dados internacionais de catalogação na publicação (CIP)
Vagner Amaro – Bibliotecário - CRB-7/5224

V632s	Vicente, Juliane
	Sentinela / Juliane Vicente. 1. ed. — Rio de Janeiro: Malê, 2024.
	154 p.
	ISBN 978-65-85893-22-0
	Prêmio Malê de Literatura
	1. Romance brasileiro I. Título.
	CDD B869.3

Índices para catálogo sistemático: 1. Literatura: romance brasileiro B869.3

Editora Malê
Rua Acre, 83, sala 202, Centro. Rio de Janeiro (RJ)
www.editoramale.com.br
contato@editoramale.com.br

PRÓLOGO

Às vezes, os sinais são tão claros que cegam a gente. Eu sempre tive orgulho da minha capacidade de prever o que iria acontecer: sentir o cheiro da chuva no prenúncio de uma tempestade, sonhar com as traições de namorados, enxergar a íris branca de quem está prestes a morrer.

Não pude antecipar de modo algum que as sirenes da polícia a berrar na esquina seguiriam em direção a minha casa e que, como aconteceu com a vizinha há algumas semanas, eu seria também jogada na traseira de um caminhão, sem documentos ou telefone.

Nem mesmo que o último vislumbre do lado de fora, enquanto me arrastavam pela calçada, seria a visão da síndica a balançar a cabeça em negativa, gravando toda a situação, sem nada dizer.

Latão

As portas se abrem. Por alguns segundos, uma luz ilumina nosso espaço, o suficiente para que eu conte vinte mulheres, incluindo a loira recém jogada para dentro do caminhão.

Hoje eu já vomitei duas vezes, o cheiro de suor misturado ao azedo de fezes aumenta minha ânsia, mas não há mais nada para pôr para fora. À medida que avançamos sabe-se lá para onde, menos eu compreendo sobre o destino, mas começo a entender a falta de conversas neste lugar. O coração acelerado martela em minha garganta. Sem meus remédios, temo que meu corpo não vá aguentar. Alongo meus joelhos, esticando as mãos para alcançar os calcanhares, as pernas estão dormentes pelo excessivo tempo na mesma posição. Sinto os músculos rígidos latejarem, passo os dedos sobre a calça, posso sentir as varizes inflamadas em relevo.

Por que me levariam?

Tento me manter convicta de que tudo acabará bem. Há tempo demais para refletir. Fecho os olhos, imagino que alguém abrirá a porta e nos libertará. A polícia estando envolvida não é um bom sinal. Paro para rememorar: o caminhão tem o adesivo do governo, mas os motoristas não usam uniforme da polícia militar ou civil. Não tenho nada a oferecer ou esconder do governo. Assinalo mentalmente todas as obrigatoriedades que poderia ter esquecido. Votei, declarei imposto de renda, não emprestei meu nome para ninguém abrir conta ou crediário, nem entrei em sites duvidosos.

— Por que eu estou aqui? — a loira soluça. Posso ouvir sua respiração apressada, o engasgo do choro que luta para respirar e se esvair ao mesmo tempo. Horas, ou talvez dias antes, eu estava no mesmo lugar.

É difícil quantificar o tempo quando tudo aparenta ser igual. Lembro-me de como as paredes pareceram diminuir quando eu não conseguia mais chorar e como o sufoco das lágrimas incontroláveis fez com que eu me engasgasse. Tossi até o corpo se acalmar, com o peito fincado de dor. Ninguém veio me ajudar, estavam todas vivendo seus próprios tormentos.

A loira passa a tossir, sufocada com a própria saliva. Tateio o chão escorregadio, sendo lançada para o lado, na vibração do movimento do caminhão. Engatinho para alcançá-la e tentar impedir que ela vivencie o desespero do ataque de pânico que eu mesma sofri, sem qualquer tipo de ajuda ou intervenção. Ao mesmo tempo, queria estar alheia a tudo que me cerca.

Me aproximo. Não queria adotar a nova prisioneira, mas a verdade é que sou incapaz de fingir que ela não existe. O desespero dela aumenta minha própria percepção urgente de que estou trancada. Minha respiração falseia, o peito sobe e desce, tento controlar os tremores fechando as mãos, inspiro por alguns segundos e expiro. Chego mais perto porque preciso, porque o silêncio é pior.

A única comunicação partilhada até então foi de lamúrias, pedidos esparsos de socorro e gemidos de dor. Agora estou abraçada a uma jovem que não conheço porque não pude aguentar seu choro, nem aguentaria me sentir responsável caso ela tivesse um acesso e acabasse morrendo aqui, podendo ser salva. Foi insuportável vê-la fazer as mesmas perguntas, sem entender, tanto quanto eu, por que estamos aqui.

Antes dela, uma mulher mais velha dilacerou os dedos na tentativa agoniada de abrir a porta do veículo. Quando a porta foi aberta e ela tentou correr, o motorista a levou para algum lugar e ela nunca mais voltou. Depois disso, ninguém mais tentou fugir.

A sirene permanece ligada a maior parte do tempo. De algum jeito, o som, aliado ao balançar da cabine, me permite dormir por alguns minutos e recosto a cabeça na parede metálica. Sem conseguir me desvencilhar dos braços da loira, apoio as mãos em seus cabelos e fecho os olhos.

***

Corremos na areia, de mãos dadas. O ambiente se apresenta à medida que avançamos. Já estive aqui antes, mas não me lembro de como chegamos. Me inclino para o lado, para tentar ver seu rosto por dentro do capacete. Tenho a impressão de que, quanto mais eu olho para você, menos consigo definir sua presença. Conforme avançamos, a areia se transforma em pedras vulcânicas, colorindo o solo em nuances de amarelo e anil acinzentado, e o verde da vegetação gramínea assume seu lugar. Paramos, precisamos nos livrar dessa roupa.

De modo muito natural, me aproximo para absorver sua essência, aproveitando para tocar a pele de que tanto senti falta, a velha sensação de matar uma saudade cinza, de choques e arrepios do encontro. Sou forçada a levantar, seus braços me ajudam a retirar o macacão espacial. Ao me despir, a certeza de reconhecer onde estou me atinge de uma só vez. Aceleramos, deixando o rastro de pegadas na paisagem em constante mutação. Ninguém nos encontrará aqui, no nosso não lugar.

Sorrio. Finalmente estamos juntos! Sou puxada para seguir, a névoa bate em meus calcanhares e avançamos por meio das nuvens, que formam um lago de extensões condensadas em branco e granizo. Rio ao tocar a neblina que se converte em neve. Com as mãos livres, formo uma grande bola e atiro em seu corpo. Corro para fugir do contragolpe, mas as solas de meus pés reagem à mudança e são pressionadas pela superfície pontiaguda montanhosa. A abóbada celeste se torna um escuro laranja, com dois sóis que oscilam de tamanho como se aproximassem e se afastassem.

Corro em sentido oposto, gargalhando, provocando sua perseguição. Eu quero ficar aqui para sempre. O céu em incessante transformação desencadeia sequências coloridas, do bordô sem estrelas, passando ao vermelho incandescente e espesso que cai em gotas de lavas até atingir o chão, solidificando em negras rochas. Raios estouram e começa a chover. A alegria se desmancha quando percebo sua preocupação. Corremos em busca de abrigo, sei que preciso me concentrar para não perder o controle. O vento silva, trazendo o frio da tempestade. Olho para o solo e para o céu, que reverbera descargas elétricas, ressoando pressão nos meus tímpanos.

Tudo ao redor começa a vacilar. A paisagem cintila e se apaga vertiginosamente, aceleramos e, a cada passada, o horizonte oscila.

Fomos descobertos.

Meu andar perde o ritmo, paraliso sem coragem de continuar. Seu puxão me alerta o corpo e eu volto a correr. O vento luta para me fazer parar, minhas tranças pesam, absorvendo a água da chuva. Persisto, esticando e encolhendo os braços, respiro intervalado para não perder o fôlego, as coxas se friccionam e fazem brotar assaduras imediatas.

Subo um morro, pisando em espinhos e conchas, e vejo uma entrada no sopé. Vamos pra lá! Prossigo, atravessando árvores e corais, chego à entrada que vacila em iluminações e completa escuridão. Vejo a abertura, com imensas colunas de formações gigantescas de estalagmites e torres. Há cortinas de pedras e estalagmites que se emendam, ao centro a energia a formar um mosaico arco-íris.

Eu sei, é a nossa chance. Respiro fundo, esperando orientação. Ao seu sinal positivo, entro na espécie de caverna, não há luz. Onde está você? Silêncio. Entrei no momento errado. Olho para trás, sem poder distinguir alguma presença, a sua presença.

O vento gelado seca meu corpo, mas as tranças continuam pingando. Meus lábios tremem, a temperatura abaixa quanto mais eu avanço para dentro. Será que você consegue me achar? Você precisa me encontrar. Você prometeu que sempre nos encontraríamos.

Ouço uma sirene. Prendo a respiração, há algo distante se movimentando, encosto na parede sem fazer barulho. Um objeto metálico surge no horizonte, iluminado por focos de luz laterais. Ele avança em minha direção, posso ver sua ponta, uma espécie de pá escavadeira metalizada. Calculo sua trajetória e me afasto para a direita, piso em falso, algumas pedrinhas se desmancham da parede, seus farelos se desprendem, ecoando na atmosfera. O braço mecânico se vira e me envolve, apertando meu tronco, esmagando minha barriga contra as garras. Sou puxada, meus braços esfolam no chão, o atrito arranha minha pele. Sou içada para fora e jogada pelo ar. Em um segundo, atravesso camadas e camadas em um verdadeiro espetáculo de luzes e som, meus olhos se enchem de lágrimas quando caio sentada numa sala de entrevistas. Já sei que estou ferrada.

A luminosidade irrita meus olhos. Olho para a mulher na minha frente, digitando sem parar. Me jogo por cima da mesa, pronta para atacar, os alertas são acionados assim que atinjo seu rosto com um soco. Em vez de afundar, meus dedos se quebram ao atingir a dura superfície. Cravo as *unhas em sua pele até arrancar a membrana, deixando à mostra parte da estrutura robótica, que explode em um clarão.*

***

A movimentação das outras mulheres tentando não fazer barulho me desperta. Na escuridão, não consigo enxergar e meus olhos doem como se eu tivesse passado muitas horas com uma luz em meu rosto. As pálpebras tremem de um jeito que elas só ficavam quando eu trabalhava muitas horas em frente ao computador.

Ouço um som abafado, parecido com uma bolha estourando, em seguida, pequenos estalinhos contidos. Em algum lugar perto de mim, sei que a loira está tentando defecar sem acordar as demais. Sou capaz de reconhecê-la por sua movimentação e o gemidinho baixo que emite no intervalo de uma respiração profunda. Aguardo o cheiro nauseante, na espera do jorro de vômito na parede que virá em alguns segundos. Ela tosse, expelindo de forma violenta o que quer que tenha comido antes de vir para cá. Mais um pouco e entenderá o processo. Todas nós passamos por isso. É impossível atender às necessidades básicas estando algemadas em um ambiente úmido e abafado. O cheiro é indescritível, penso na palavra insalubre para definir esse lugar, fétido, pútrido, mefítico, pestilento. Me encolho ao pensar nos termos *adequados e propícios* que me orgulhava de usar no trabalho. As palavras que tanto esmero aos poucos perdem o sentido nos azedos dias e noites em que não posso distinguir o que é delírio e realidade.

***

Neste momento, a porta se abre. Latas de sardinha e garrafas de água são jogadas para dentro e a porta se fecha outra vez. Agarro o que posso, para não dar tempo de a mente pensar no quanto minhas mãos estão sujas. Sem que eu mastigue, a carne flácida se desmancha, a bile amarga sobe à garganta e eu a engulo junto com o líquido da embalagem, ignorando a viscosidade anormal. Termino duas garrafas de água de uma só vez, no desespero de aliviar a sede e assentar o alimento no estômago.

Germinar

Clara é *personal trainer*. Ela insistiu para saber meu nome, o que eu faço, de onde sou, e eu fui cedendo às suas perguntas. Acho que as coisas estão chegando num ponto em que não é mais possível evitar o contato. Qualquer coisa é uma âncora com o mundo. Quando você está em uma situação difícil, há duas opções: desistir ou sobreviver. Eu não quero morrer.

Antes que ela tivesse um nome, de alguma forma, eu já havia começado a sentir que tínhamos algo em comum. Descobrimos que moramos na mesma cidade, em bairros diferentes. Por um momento, compartilhamos uma risada ao relembrar como são as noites na zona boêmia que frequentamos.

A risada, descabida e aflita, dentro desta caixa em que estamos presas, foi um resquício fresco do ontem. Algo fez com que ríssemos e, nessa centelha do passado, meu peito se aliviou um pouco. Ao nos ouvir, outras mulheres se aproximaram. Agora somos Clara, Liege, Vanusa e Cíntia. Liege é cabeleireira no shopping, eu a vi de relance quando Clara entrou, é uma mulher ruiva mais nova que eu. Vanusa e Cíntia, duas jovens, se conhecem antes disso, são colegas de faculdade de Direito, traçam planos de como processaremos o governo por tudo que estão fazendo conosco.

É preciso reforçar o presente, elas são, eu sou. Eu ainda sou professora. Eu tenho uma casa e um emprego para onde voltar. Enquanto esse dia não chega, me conforta não estar mais sozinha.

***

Dia de chuva na escola é um martírio de alunos atrasados e corredores escorregadios. Ao guardar minha pasta no armário, sou tomada pelo cheiro doce de mingau que vem do refeitório.

O particular odor de chocolate imediatamente me faz contrair as pernas uma na outra. Uma lembrança doída, de inesperados reencontros e a urgência do frenesi que eu sinto em sua companhia. Inevitável não me lembrar dos cafés da manhã, quando a felicidade me faz acordar mais cedo pra fazer mingau. Sigo para a sala do sexto ano, ignorando a angústia do corpo em ser subjugado. Por sorte, estou de sutiã, de outro modo, seria possível distinguir a sensibilidade dos mamilos através da camiseta.

Um dos novos alunos levanta a mão e eu lhe concedo a palavra:

— *Professora, o que aconteceu com seu rosto?*

Boto as mãos nas bochechas, sinto vincos irregulares ao redor dos olhos, e conforme meus dedos os tocam, um fluido licoroso é expelido. No desespero, me dirijo ao banheiro a fim de me olhar no espelho. Sem conter a angústia no passo apressado, tropeço em um aluno que está virando o corredor.

— *Desculpa, querido.*

— *Tudo bem, profe* — *ele responde, e é quando constato ser o mesmo aluno de antes.*

Neste momento, vejo que as paredes descascadas da escola estão estranhamente opacas. Volto a correr, atravessando corredores familiares, mas que de alguma forma parecem não estar na ordem certa. Ouço o estouro de um tiro.

— *Todo mundo pro chão!!!* — *A voz não me é estranha.*

Me jogo sem pestanejar no vão da parede mais próxima e coloco as mãos atrás da cabeça para me proteger. Uma poça se forma ao meu entorno, o líquido espesso borbulha em círculos, deixando um rastro violeta a se expandir.

***

Desperto com o segundo disparo. Olho em direção à luz, recuperando a consciência de onde estou. A porta do caminhão está aberta, falseio um movimento em direção à saída e sou puxada para trás. As mulheres se aglomeram no lado oposto do caminhão. Reconheço Vanusa e Cíntia abraçadas e Liege ao lado delas, com o rosto petrificado, olhando para as portas escancaradas. Quando o terceiro estampido é acompanhado de um gemido, eu percebo: Clara desapareceu.

Base 17

Nada ouço ou vejo além da escuridão sufocante do material duro que envolve minha cabeça. Consigo respirar, embora a sensação de abafamento me faça tremer por inteiro. Sou guiada por mãos que me empurram e direcionam até que as algemas são substituídas por pulseiras que me mantêm sentada com os braços colados ao lado do corpo.

As lágrimas secam tão logo surgem, absorvidas pela ventilação fria dessa espécie de capacete. Tento mover o rosto para os lados, mas nada acontece, do pescoço para cima estou contida pelo bloqueio metálico.

Sinto que estou em movimento, a sola dos pés percebe a vibração conhecida, é como estar dentro do metrô, balançando em solavancos e paradas abruptas. A vibração é constante, tento aliviar os ouvidos entupidos, mas o maxilar não se move. Fico com medo de desmaiar por causa da tontura contínua e do formigamento nas pontas dos dedos. Não saber onde estou faz minha respiração acelerar, sinto uma pressão no peito. Incapaz de distinguir início e fim, pela primeira vez desde que fui arrancada de casa, eu rezo:

Á má yà, má yà, má yà, já'yò já'yò á má yà mu sè ké bá já'yò já'yò

***

Não há mais vibração. Sou guiada em diagonal e na descida

de um lance de escadas. Pulseiras são colocadas em meus pulsos, conectando-me a algo na frente e outra coisa atrás. No andar vacilante, sinto os dedos de alguém e forço o pulso para conseguir agarrar a mão alheia.

57

58

59

Caminhamos em fila por muito tempo. Ignoro o latejar dos punhos em alerta, concentrada em não perder o toque, porque, de algum modo, isso faz o medo diminuir.

222, 223, 224.

Cada passo. Diagonal, escada.

445, 446, 447. À esquerda. 536.

A pulseira é desconectada e eu perco o contato com a pessoa à frente. Seguro firme a mão de trás, prendemos os dedos, que são torcidos por um puxão para que nos separemos. Resistimos, apertando mais forte. O primeiro chute me atinge as pernas. Continuo apertando a mão, quanto mais forte é a tentativa de nos separar, mais obstinadas são as palmas coladas pelo instinto de conexão.

Meu cotovelo se dobra, estendendo ao máximo, e, de uma só vez, meu rosto é liberto. Um soco atinge meu olho esquerdo e um guarda com o mesmo uniforme do motorista do caminhão puxa meu braço para que eu solte a mulher atrás de mim. Um gemido de dor me escapa dos lábios quando vejo a fila interminável de pessoas atadas umas às outras, as cabeças inteiramente cobertas pelos capacetes ovais agora são liberadas. Do silêncio mórbido à profusão de súplicas, o pandemônio sonoro se instala. Com bastões retráteis, os guardas nos batem onde conseguem alcançar, exigindo silêncio. Levanto o pulso na altura do rosto, consigo apenas identificar na pulseira que tenho presa nos dois braços um código de barras estilizado que forma a figura de um semicírculo.

641, 642, 643.

Continuamos caminhando, um pé após o outro. Meu andar vacila e sou empurrada. Mais uma porção de degraus, viramos à direita, talvez o destino final esteja próximo. Paramos em um hall interseccionado por sete portas iguais. A estrutura labiríntica se desvela em mais corredores, perco as contas. O chiado de lamúrias permanece, ninguém mais grita.

***

Chegamos a um grande saguão, a iluminação artificial advém de painéis LED em formato cilíndrico que acompanham as linhas no chão. Há uma porção de balcões com grandes computadores indicando a entrada para outro lugar.

Trajando uniformes brancos, eles se aproximam e nos empurram para que continuemos a andar. Diferente dos guardas, suas botas de borracha contrastam com a vestimenta, em tons de amarelo neon e verde-musgo. Me movo para o lado, tentando enxergar melhor a outra ponta do saguão. Um guarda me agarra pelo braço, seu rosto está coberto por uma camada de tela costurada ao resto da roupa. A voz ordena que eu permaneça alinhada. Não é possível distinguir nada além dos olhos castanhos e sua mensagem: perigo. Me encolho de volta à fila sem olhar para trás.

— Nome completo? — a voz é feminina.

À minha frente, ela segura um tablet que controla o monitor enquanto outra pessoa abre minha boca e enfia um cotonete na minha garganta. Um otoscópio ilumina meu rosto e eu dou um passo para trás.

— Fica parada e abre bem essa boca.

O cotonete é passado por toda minha língua em cima e embaixo, depois empurrado por todo o céu da boca até encostar no fundo da garganta. Nesse movimento, meus dentes arranham a superfície de seus dedos. Respiro fundo, contendo o instinto de morder. Ela retira o cotonete, dando-se por satisfeita, e o coloca dentro de um comprido cilindro de vidro.

— Próxima! — ela grita, sinalizando que eu avance para a estação seguinte.

Com um suporte parecido com um leitor de códigos de barra de supermercado, as pulseiras que levo em ambos os braços são conferidas, com um som agudo. Meus polegares são colocados em uma tinta para coletar a impressão digital. Me agarro à certeza de que, quando conferirem quem eu sou, tudo não passará de um mal-entendido.

— Se posiciona em cima do x. Agora pode tirar toda a roupa, meia e sapato.

Levanto o queixo em sua direção, há um guarda com o bastão preparado para conter qualquer tipo de resistência. Olho na direção da câmera e deixo cair a calça do que sobrou do meu pijama preferido. Logo vejo meu rosto ampliado na tela do monitor e não reconheço o semblante esquálido, tampouco os olhos marejados e o hematoma a formar uma auréola púrpura na pálpebra esquerda.

Eu, que jamais me meti em encrencas, nunca tive um atraso na conta de luz ou inventei um resfriado repentino para faltar ao trabalho, viro de perfil, como vi tantas vezes os prisioneiros nos seriados e filmes de crime fazerem quando fichados. Ergo mais a cabeça e vejo meu reflexo na tela. Quero que este registro deixe claro quem sou. Tudo isso é um engano, pegaram a pessoa errada e eu estou disposta a provar isso, só não sei como ainda. Aperto o maxilar, franzindo a testa, disposta a enfrentar, querendo transparecer que não poderei ser quebrada. Que jamais poderei ser quebrada. É nos momentos de mais insuportável desespero que o meu corpo reage com força descomunal. É assim, nua, que eu atravesso a próxima porta. Na altivez amarga de quem sabe que vai morrer.

Batismo

— Você pode me explicar o que está acontecendo? — tento controlar a voz para suprimir o desespero. Pergunto sabendo que não terei resposta, minhas indagações são com as de outras mulheres.

— Por quê?

Completamente nuas, permanecemos em filas, mas pelo menos nossos rostos estão livres dos capacetes. Há pouco espaço para que andemos de outro modo, as paredes estreitas dos corredores contêm a circulação de pessoas.

— Alguém tem que nos dizer alguma coisa! Qualquer coisa! — reconheço a voz de Liege.

— Liege! Liege! — grito e tento olhar para trás, mas uma pancada me atinge o rosto.

O guarda bate mais uma vez e empurra meu ombro para que eu siga caminhando.

— Filho da puta! — alguém diz.

Há vários guardas nos acompanhando, nada dizem, sua tarefa parece ser apenas nos conduzir para onde quer que seja. Está escuro, nos movemos guiadas pela iluminação fraca, que nos impede de reconhecer onde estamos.

Começo a rememorar os advogados que conheço, como poderei contatá-los? Teremos direito a uma ligação? É assim que acontece nos filmes. Se isso é algum tipo de prisão, eles precisam respeitar nossos direitos. Quanto mais tentamos questionar, mais batem. O burburinho se transforma no silêncio absoluto, que a cada segundo parece mais assustador. Chegamos a uma extensão de portas automáticas. Ao passarmos por elas, o horizonte passa a ficar mais visível.

Atravesso uma grande porta e me deparo com uma centena de camas alinhadas num gigantesco dormitório em formato circular. Alguém está brigando. Decido ficar próximo da porta, por onde poderei fugir se possível. Reconheço Liege, ela corre para me abraçar, me sufocando em seus braços. Está chorando. Vanusa e Cíntia chegam logo depois e se juntam a nós para procurar uma cama.

— Venham ver o batismo! — uma mulher se dirige a nós.

Quando me viro para compreender de onde a voz vem, noto os cabelos loiros da mulher que está no chão e reconheço Clara levando chutes e pontapés. Corro para ajudá-la e sou impedida por outras mulheres, que me seguram os braços.

— Para as novas companheiras, eu sou a Sol — a mulher que nos chamou declara. — Não pensem que os mascarados farão alguma coisa por vocês. Vistam suas roupas e respeitem a ordem deste lugar. Vocês chegaram hoje, nós estamos aqui sobrevivendo há semanas.

— Não importa quem vocês eram lá fora. Ninguém se importa — outra mulher complementa, parece ser a segunda em comando. Ela faz sinal para que eu seja libertada.

As mãos me soltam e eu vou ao encontro de Clara, que parece estar desacordada. O corpo nu coberto de marcas vermelhas, a boca ensanguentada tentando dizer que está bem.

Me debruço para tentar levantá-la, Liege reaparece e me ajuda a apoiar Clara entre nós. Elas nos entregam uma dúzia de roupas brancas e vão para o outro lado do dormitório.

— Não tentem tirar suas pulseiras, já tentamos — uma jovem se aproxima, parece não ter mais que vinte anos.

O rosto abatido me faz perguntar há quanto tempo ela está aqui.

— 32 dias. Sou da primeira leva.

— Leva? — Liege para de caminhar e questiona, deixando o peso de Clara recair sobre mim. Com dificuldade, eu a deito em uma das camas, envolvendo seu corpo com uma coberta.

— Há gente nova todos os dias. E não, ninguém sabe por que estamos neste lugar. Toma cuidado com a Sol, ela comanda nosso dormitório. — A jovem olha para Clara e então para nós: — O que aconteceu com a amiga de vocês acontece com a primeira mulher de uma nova leva. É o batismo. Tem sido assim desde que Sol decidiu que ia ser a chefe.

— Como assim, chefe? — Liege pergunta.

A jovem suspira como se estivesse diante de uma prateleira de supermercado decidindo entre levar um café forte ou extraforte, como se tudo que estivesse falando fosse de uma banalidade óbvia:

— Vocês vão ter que aprender muita coisa.

***

— 650 passos até o átrio das portas. Mais alguém contou? — Sol pergunta. Eu decido omitir o fato de que contei 643. — Mais 225 até o salão dos computadores. Você disse que contou 250? — ela indaga uma das mulheres que chegou comigo. — Vocês precisam prestar atenção em cada passo, cada corredor e curva. Se vão para a cabeça e começa a chorar. — Mas eu queria mesmo era ver minha família. Meus cachorros.

— Você vai ver, Cíntia. A gente vai sair daqui. Pode ter certeza, Deus vai nos ajudar. — Vanusa se levanta e vai abraçá-la.

A confiança em sua voz me causa inveja. Não tenho nem de longe essa fé.

***

— Vocês vão cuidar das que estão doentes. Dar banho, ajudar a ir no banheiro, levar pro refeitório — diz a subcomandante de Sol, uma jovem de não mais que vinte anos. A nova "primeira dama".

— Essa aí chegou ontem e acha que vai ficar. Coitada. — Liege aponta para a mulher e ri.

— Pelo menos ela não é violenta que nem a outra, poderia ser pior — pondero.

Pegamos as cadeiras de rodas para transportar as mais velhas e as enfermas para os banheiros. Uma senhora de longos cabelos brancos me encara, resmungando em espanhol.

— Você quer ajuda?

Ela afirma com a cabeça e eu a coloco na cadeira de rodas. Clara e Liege se encarregam das mais pesadas, têm mais força do que eu.

— O que vocês acham do plano da Sol? — pergunto assim que saímos dos dormitórios, é o momento que temos para conversar em voz alta sem ser ouvidas.

— Eu continuo achando que é nossa única opção. — Liege está convencida de que o plano dará certo.

— Acho arriscado. E mesmo que dê certo, eu duvido muito que todas consigam fugir — Clara rebate.

— O plano da Sol nunca foi sobre todas nós fugirmos — complemento.

— Eu prefiro arriscar — Liege reforça sua decisão.

— Eu também — digo, mais pelo temor de ficar para trás do que confiança no esquema. — E você, Clara?

— Tô com vocês.

— Seja o que Deus quiser — Liege pede.

— Seja o que os orixás permitirem — finalizo, parando para analisar que não faço uma prece aos meus guardiões há muito tempo. Que mãe Oyá me dê forças!

Saudália

— Tá a fim ou não tá? — Clara pergunta, oferecendo-me um copo de *choca*. Pelas nossas contas, quatro semanas se passaram desde que fomos trazidas para cá. De uma forma assustadora, Clara parece se adaptar à situação. Ela foi a primeira a chegar nos dormitórios, o que lhe rendeu um corte profundo na bochecha, que se desenvolveu em uma cicatriz. É o tal batismo. A primeira de cada leva é sempre marcada para que as novatas que venham depois saibam quem manda no lugar.

Por ironia do destino, Clara é muito parecida com quem nos comanda. Seu corpo esculpido em horas incansáveis de *crossfit* na vida do ontem, de algum jeito, não sucumbiu à má alimentação. Isso não passou despercebido por nossa chefe.

É insuportável conviver com a ideia absurda de que temos uma chefe. Uma função que vem de cima. Há a especulação de que existem outros dormitórios e, por consequência, cada um deva ter uma responsável por todas as mulheres, seja para definir quem limpa os banheiros, seja para decidir quem deve fazer a contagem.

Sol não perde uma oportunidade de fazer da vida de qualquer pessoa um martírio sem fim, um inferno dentro de um inferno, mas é nossa melhor opção de saída. Fazemos o que deve ser feito e tentamos não chamar atenção, ajudando no que for preciso, pois queremos fazer parte do plano. Qualquer coisa para sobreviver.

Se para isso eu preciso até fazer tranças no cabelo de uma das muitas namoradas da Sol, farei. Há horas em que chego a pensar que não vou aguentar mais um dia, mas, de alguma forma, forças dentro de mim me compelem a continuar vivendo. Preciso sair daqui.

— Como você fez isso aí? — pergunto, apontando para o copo com cheiro nauseante de álcool.

— Nós juntamos umas frutas, descascamos, colocamos no saquinho de plástico e, em duas semanas, *voilà: choca*.

— E quem ensinou? Isso é coisa de prisão — comenta Liege, em sua entonação advocatícia, a estufar o peito.

— Uma das antigas, ela disse que aprendeu a fazer no interior — Clara conta, dando uma piscadela.

— Acho que é mentira, Clara. E outra: tem gente que amassa algum remédio e mistura à bebida que eu sei.

— Não dá nada. Tem certeza de que não quer? — Clara levanta o copo em trejeitos de mulher rica. Posso imaginá-la rindo, de chapéu branco, em um restaurante de nome francês à beira de Copacabana.

Acho que estou me apaixonando.

***

"Atenção, dirijam-se para o refeitório", anuncia o alto-falante.

— Pode levar ela pra mim hoje? Eu tô com muita dor.

— O que houve? — pergunto com sincera preocupação. Clara está pálida.

— Tô com uma cólica dos infernos! E uma dorzinha de cabeça chata.

— Tudo bem, toma um remédio. Acho que a Liege ainda tem algum sobrando.

— Vou tomar, não se preocupa — ela diz e sorri.

— Tá bem — respondo, conseguindo segurar o sorriso frouxo ao ver seu revirar de olhos de teimosia.

Pego uma das cadeiras de rodas, torcendo para que a senhora que vive murmurando em espanhol decida caminhar um pouco e eu possa levar outra pessoa. Ao chegar no outro lado do refeitório, Liege se adiantou e está levando a senhorinha, deixando para mim o encargo de transportar a grávida.

Engulo em seco. Um dia seria preciso enfrentar, que seja hoje então.

— Hoje eu vou te levar — digo a ela, tentando parecer simpática.

Ela agradece, um tanto constrangida. Imagino que o meu sorriso de acolhimento tenha sido parecido com um animal em agonia. Não é sua culpa, mas como explicar algo que é indizível?

Eu sei. Como sei há muito tempo. Dizer em voz alta para alguém que não tenho intimidade é outra história e não trará bem algum. Deixaria tudo dolorido para mim e para ela, e essa moça à espera de um bebê não merece isso.

Começo a cantarolar uma música, é o máximo que posso oferecer neste momento:

Eu vim de lá, eu vim de lá pequenininho
Mas eu vim de lá pequenininho
Alguém me avisou
Pra pisar neste chão devagarinho

***

— Sei que vocês estão confusas — assim começa o discurso da mascarada do dia.

Nas nossas contas, passaram-se 95 dias desde que chegamos sem qualquer resposta que dê sentido para o motivo de estarmos aqui. Em todas as rodas de conversa que tivemos, não há uma situação, parentesco ou profissão que se enquadre para todas nós, além de sermos todas mulheres. Mesmo as teorias mais absurdas de uma grande revolução masculina não têm lógica, já que boa parte das guardas que nos zelam são mulheres também. Nem todas somos da mesma cidade, há diferentes níveis de escolaridade, raça e ideologias políticas.

Não é um golpe de estado, afinal. E isso deixa uma das mulheres puta da vida. Antes daqui, a moça era vereadora de uma pequena cidade perto da fronteira, pelo jeito de agir, parece o tipo de pessoa que ainda entrega panfletos para pedir votos.

— Atenção! — grita uma das guardas, o bastão retrátil de prontidão encostado ao ombro a desafiar o burburinho.

Permaneço sentada no chão, Clara ao meu lado, mantendo o rosto sério ainda que os dedos façam movimentos de x no meu joelho e depois mostre o dedo médio quando perde, na nossa rotina de fazer jogo da velha imaginário.

Quando a mascarada volta a falar, reconheço-a como a mesma mulher que emite os avisos do dia: "atenção, dirija-se para o refeitório". É impossível não reconhecer o timbre grave que somente anos de cigarro podem deixar. A voz que todos os dias nos diz as mesmas frases. Um timbre que me lembra uma professora na faculdade de Letras que fumava pelo menos quatro cigarros num intervalo de quinze minutos.

—A decisão de manter vocês aqui é uma medida protetiva do governo federal — a mascarada continua. — Vocês foram expostas a uma substância altamente radioativa e deverão permanecer em isolamento por tempo indeterminado.

Uma mulher se levanta e grita que tudo isso é uma grande mentira, seguida por sussurros de concordância. Fecho os olhos para não ver quando a arrastam para fora. Quem não sabe viver em coletivo vai para a contenção, é o boato que segue. Se eles tiram uma de nós dos dormitórios, somos levadas a uma espécie de solitária, um quadrado de concreto, onde não se ganha comida por pelo menos três dias e não é permitido tomar banho.

Na contenção, nunca se sabe se ou quando alguém vai voltar. Se alguém não retorna, começam as especulações. Prefiro acreditar que haja o realojamento como punição, a pessoa perde as alianças que formou até agora e tem que começar do zero em outra ala. Faz mais sentido. O que eles ganhariam matando tantas de nós apenas por desobediência?

***

Antes era difícil acreditar, agora parece fazer sentido.

Quando a tela da projeção mostra a caixa verde, há um choque coletivo. Eu tinha uma porção de caixas iguais a essa nos meus armários, na bolsa que eu levava para a escola, ao lado da cama.

Se antes não havia uma causa, agora a possibilidade de estarmos doentes é palpável. Duas, quatro, oito pílulas por dia. Gradualmente, independente da necessidade de resultados rápidos ou de ter alcançado o objetivo, é necessário continuar o tratamento por pelo menos seis meses ou haverá efeito rebote.

É o que está escrito na bula e é repetido diariamente nas

propagandas que invadem a tela do celular. A comparação entre o antes e depois é assustadora, enche os olhos de quem se desespera por uma solução indolor. E assim, todo mundo usa, das atrizes famosas às minhas alunas do ensino fundamental. De fato, há uma ocorrência universal: todas perdem cinco quilos no primeiro mês.

Saudália: o emagrecimento saudável como nunca antes visto! Pílulas naturais que contêm uma série de nutrientes para melhorar a aparência da pele, ajudar no tratamento de insônia e ainda auxiliar no emagrecimento!

Quando o governo descobriu o elemento radioativo era tarde demais. Nos informam que as mortes pairam em milhões! Milhões! Como isso aconteceu? E os órgãos responsáveis pelo controle de qualidade?

Não há resposta para nenhuma dessas perguntas. Imagino que as lideranças internacionais tiveram de ser mais rápidas que a possível contaminação – e aprenderam a duras penas no passado que se deve isolar primeiro para entender depois.

Por isso fomos afastadas, encarceradas por tempo indeterminado. A sensação de carregar algo que possa ferir outras pessoas me faz preferir permanecer aqui a estar do lado de fora. Ainda assim, é difícil aceitar a violência do processo. A urgência com que fomos levadas é compreensível, mas não a maneira com que somos tratadas, a vivência de medo se tornou o cotidiano deste lugar. Por que levaram tanto tempo pra nos contar a verdade?

Há mais a ser descoberto, disso eu tenho certeza. Ou talvez, se tivermos sorte, a revelação signifique que temos cura a caminho. Saber é melhor que conjecturar possibilidades. Seguro a mão da

Clara, ela balança a cabeça em negativa, as bochechas caídas e o olhar consternado, a analisar o horizonte sem foco:

— Minha reputação!

Compreendo de imediato. O conselho nacional de educação física condenou o uso de *Saudália*. Houve até abaixo-assinado para impedir sua comercialização. Ela devia ser uma de muitos que vendiam seus serviços de *personal trainer* alegando que é possível chegar ao corpo ideal sem qualquer tipo de intervenção medicamentosa ou cirúrgica.

A vergonha de Clara é refletida na mulher grávida que recebe olhares de todos os lados. *Saudália* era vendida para qualquer pessoa, independente de doenças crônicas ou uso concomitante de outras medicações. A única e exclusiva contraindicação era a gravidez.

— Que irresponsável!

— Pobre da criança, sua louca!

Os insultos inflam, e a mulher abraça sua barriga modesta, na defesa tardia pela vida que cresce dentro de si. Sem nunca ter podido conceber uma criança, meus lábios se enchem da mágoa para gritar o pranto doído de quem nasceu seca para a vida:

— Maldita!

Agujero

"Seja por ingestão, inalação ou penetração através da pele, a radiação é absorvida pelo corpo."
"A contaminação é uma ameaça à saúde pública."
"Uma pessoa poderá continuar emitindo radiação sem que haja qualquer sintoma aparente."
"O material radioativo permanece no indivíduo por tempo indeterminado."
As frases se repetem no alto falante. O anúncio geral é emitido uma vez ao dia, para que as novas levas de mulheres possam compreender o que está acontecendo; uma centelha de esperança para aquelas que, como eu, aguardam que alguma outra frase seja adicionada ao final. Eu espero ouvir a sentença que possa dar fim ao isolamento, um novo método, um tratamento, a descoberta da cura.
Nada.

Vórtice

Ouço o barulho de água corrente antes de acordar. Há lama nos meus pés, a coluna se espicha na terra macia e irregular. Quero ficar aqui para sempre, apenas respirando e sentindo a vibração de calor que acaricia a pele em ondas, causando arrepios circulares. Posso ouvir os passos abafados, antevejo a presença de alguém que está quase me alcançando.

A criatura para à minha frente: um gato angorá cinza-azulado apoiado em um guarda-chuva fechado com uma estampa de melancia. Aguardo com a sensação de que ele vai estender a patinha para mim e pedir uma moeda, mas ele apenas me observa.

— Onde eu estou? — pergunto para a criatura que caminha em minha direção.

No mesmo momento, luzes se estendem ao meu redor, revelando um imenso salão.

— Quem é você?

A criatura me ignora e parte caminhando em direção ao círculo de poltronas próximo a um painel de vitrais.

— Eu apareço como você deseja me ver — ele responde, mas ouço sua voz sem ver a boca se mexendo.

Olho para as feições da criatura, não há o menor sinal de emoção ou curiosidade, apenas o semblante felino olhando para os vitrais. A patinha aponta para um deles e, ao me aproximar, constato que não são feitos de vidro, mas de algum tipo de material gelatinoso. Estendo a mão para tocá-los, atraída pelo movimento vacilante das figuras representadas.

Assim que encosto na superfície glutinosa, minha mão é sugada para fora junto de meu corpo. Suspensa no universo, posso ver a gigantesca esfera, com seus raios multicoloridos oscilando como ondas. A estrutura colossal: pupila, córnea e íris. O núcleo negro vai se expandindo, engolindo meus pés e subindo as pernas até atingir a completa escuridão.

— Passa aí, Juninho!

Vejo o meio-campo tentando me alcançar na corrida e o lateral direita em disparada com os olhos vidrados na bola. Um pouco mais à direita e conseguirei desviar do movimento. Passo de um pé a outro, tomo impulso e chuto com precisão. Vejo a bola entrar no gol exatamente como havia calculado. Dois jogadores vêm para cima de mim, vejo o punho fechado e o impacto do soco no lado da cabeça, não consigo desviar a tempo.

— Com vocês, a atração da noite!

Sento em frente a um piano, cada uma das notas dançando em cores da minha cabeça para os dedos. A plateia chora, ri, ovaciona em pandemônio a melodia constante e a voz grave. Sinto a tontura da exaustão. Em redemoinho, palco e palmas se bifurcam num infinito caleidoscópio.

Posso escutar o choro das pedras, a umidade que sobe. Sinto minhas raízes estremecerem e o caule partilhando as sensações de despertar. É noite, eles me olham à espera. Também aguardo a Lua e o momento certo para desabrochar. Me espicho, nutrida da seiva, pronta para me expandir por completo. Esticando, abrindo, desabrolhando.

— Olha, mãe, a Flor da Lua! — O menino me arranca antes que eu possa dar tempo para morrer sozinha.

Corro, sem fôlego, para a luminosidade do fim do túnel. Preciso escapar antes que eu inale a fumaça que levou meus irmãos. Salto, usando as unhas para escalar as paredes, desviando dos outros homens e suas mangueiras da morte.

— Tá ali! Um rato! Aponta pra ele!

Vou me arrastando, perdendo as forças dos músculos. O ar vai se expelindo dos pulmões, um líquido escorre das narinas e dos olhos. Meu corpo incha, a queimação na garganta vai subindo e descendo, sinto muito frio. Aos poucos, a luz do fim do túnel vai esmorecendo.

— Empurra!

Vejo o rasgo de luz. Esperneio, não quero sair do aconchego. Meu corpo vai deslizando e eu grito enquanto sou puxado para fora da vagina. Desnorteada, percebo que estou de volta ao salão, como se nada tivesse acontecido. O gato parece distraído, abrindo e fechando o guarda-chuva, intercalando entre usá-lo como uma bengala e como um adereço de dança.

— Eu já estive aqui antes? — pergunto, com a sensação de déjà vu.

O gato sorri pela primeira vez. Os vitrais começam a derreter, o teto desaba em lascas de concreto e a água invade o salão. De algum modo, posso ouvir a voz da Clara me chamando de longe. Eu já estive aqui antes! Onde você tá? Por que eu estou vivendo tudo isso? Quando eu estou lá, não sou capaz de lembrar, o desespero me faz agarrar o gato, e neste momento eu vejo que meus dedos tremulam como gráficos malfeitos.

***

Pouco sabemos sobre esse tipo de contaminação, não há nenhuma profissional da saúde entre nós. As dores de cabeça nos acompanham de maneira intermitente, indícios de diarreia e vômito nos banheiros é algo natural. Demoramos a entender o óbvio.

— Vocês não acham estranho que eles nunca tenham explicado como as pílulas foram alteradas? — Sol, em sua rotina de reuniões, estabelece sua liderança ao fomentar a rebeldia. A situação se inverteu. Agora, poucas concordam com ela, mas Sol persiste.

O que inicialmente era uma atitude compreensível, já que precisávamos entender o porquê de estarmos trancadas neste lugar, tornou-se uma insistência em incendiar teorias que, aos ouvidos de quem nos vigia, renderá apenas dor e dias em contenção.

Queria dizer para ela parar de asneiras, mas já apanhei o suficiente neste lugar. A missão de manter o combinado, colhendo informações, contabilizando passos, pensando em estratégias, continua apenas porque Sol nos obriga. Um plano de fuga será concretizado, mas não por mim. A maioria de nós está esperançosa com o desfecho vindouro. É uma questão de tempo até que estejamos "limpas" e possamos voltar para a vida de antes.

***

A areia gruda nos dedos dos pés. Afundo a mão no solo para sentir a mistura molhada que se afofa até dar lugar à água que emerge do buraco cavado. Pequenos crustáceos se movimentam, aparecendo e desaparecendo conforme eu risco a terra.

O mar avança cada vez mais perto, recuando e progredindo, em cadência desregulada. Não quero molhar minha roupa, mas não faço nenhum movimento para levantar. O suor escorre por meus cotovelos, encontrando mais gotículas que se perdem na base da coluna. Queria ter coragem para colocar um biquíni, embora este vestido não seja de todo mal, e acho até que sua costura de crochê combina com a atmosfera ao redor.

O movimento do mar prossegue, hipnotiza nas ondas que vacilam prestes a molhar meus dedos. Acometida pelo cansaço, bocejo. Esfrego as mãos nas pálpebras, esquecendo por um momento que meus dedos estão sujos de areia. Os grãos incomodam minha visão, a irritação é imediata.

Tateio ao redor, à procura da minha bolsa, preciso de um lenço umedecido ou uma toalha. Forçando os olhos para enxergar, percebo que estou sozinha. Não há cadeira de praia nem nada distinguível no horizonte. Como eu vim para a praia sem minha bolsa? Coço as pálpebras com os pulsos, mas a sensação de estar sendo arranhada se agrava. O lacrimejar aumenta e posso sentir os grãos a se arrastar pela córnea. A primeira onda que avança me derruba, a água me alcançou.

Num movimento de reação, me apoio com as mãos e impulsiono o corpo a levantar, mas a perna direita vacila. O membro está dormente. Outra onda me abate e eu deslizo de lado, roçando o cotovelo no solo, a pele começa a latejar pela assadura. A água retrocede e eu sei que logo uma onda virá. Aperto minha panturrilha e coxa para acelerar o retorno funcional da minha perna, a dor formiga e arrepia a pele. Quando a onda violenta molha meus cabelos, eu engulo o gosto salgado que me faz tossir cuspindo com a cabeça baixa. A inflamação faz minha visão oscilar. No desespero em aliviar a pressão ocular, submerjo o rosto na água e abro os olhos.

Há apenas escuridão. Continuo a perceber meu corpo estendido na areia, mas não consigo me mexer. Incapaz de respirar, os lábios vacilam o grito abafado, meus olhos ardem. Em desespero, engulo o líquido viscoso de um negrume pegajoso estranhamente familiar.

***

A cama sacode, o toque gelado empurra minha cintura.

— Clara, ajuda! Acorda!

Olho para a cama ao lado, Clara desperta tão confusa quanto eu. Um grupo de mulheres ao nosso redor tira as cobertas dela.

— Anda! Senão ela vai morrer!

Clara levanta, deixando os chinelos para trás, e permaneço alguns segundos olhando a cena que se desenrola. Minha visão turva tenta se adaptar à parca iluminação do dormitório, minhas têmporas latejam. Levanto, ainda tonta, esfregando os olhos para despertar. Um arrepio sobe a coluna, na sensação de *déjà vu*.

A multidão cerca a cama de Sol. Meu peito se aperta e eu peço licença a passos contidos, o peito apertado, imaginando quem teve coragem de matá-la. Quando alcanço a cama, esperando encontrar manchas de sangue, me deparo com uma cena anômala ao que pressupus. Vejo Sol inteiramente pálida, com a mão no peito e a boca aberta. Sua respiração acelerada é controlada pela voz de Clara, que lhe alivia os botões da roupa.

— Isso é um infarto!

— Alguém pediu ajuda? — pergunto.

Clara pede silêncio.

— Se afastem! — uma voz atrás de nós grita. — Vocês não tão vendo que ela tá tendo um ataque de pânico? Ela precisa respirar!

Tomo distância. Clara ajuda Sol a sentar, orientando para que ela inspire e expire profundamente. Durante muitos minutos, observamos, até que Sol se acalma e bebe um pouco de água. A tensão se alivia quando ela ergue o polegar, indicando que está tudo bem.

— Eu tava dormindo e me sentindo sufocada, sem conseguir respirar. Desculpa o susto — diz Sol, agradecendo à Clara pela ajuda.

A multidão vai se dispersando, à exceção da mulher que gritou para que saíssemos de perto. Reconheço-a como a senhora que quase nunca conversa com ninguém e vive murmurando em um interminável monólogo em espanhol. Dessa vez, ela falou em português. Ela continua resmungando para si, inclinando o corpo para frente, parece querer se aproximar, sem de fato caminhar até nós. A única palavra compreensível foi *agujero*.

Meu cérebro se concentra em tentar lembrar onde eu vi essa palavra antes. Copiapó, Ica, Vazante. Os resgates de soterrados. Uma imagem que me perturbou por semanas na época do "acidente" e da irresponsabilidade da fiscalização brasileira em liberar aquela área de Minas Gerais para exploração.

Neste momento, eu entendo a contagem dos passos, a movimentação do transporte até que chegássemos ao nosso dormitório, a sensação constante de peso que fez Sol, uma das mulheres mais temíveis deste lugar, ter um ataque de pânico.

Nós estamos vivendo no subterrâneo.

Conexões

— Agora você quer falar com a gente? — Liege reage. Vanusa e Cíntia se entreolham e cruzam os braços. Clara previu que não seria fácil. Muito tempo se passou desde o latão, quando fomos colocadas dentro de um caminhão, sem destino. A conexão inicial que nos uniu se dissipou quando as três decidiram zelar pela segurança da grávida.

— Não é como se fôssemos atacá-la ou qualquer coisa do gênero. Por Deus, a mulher está grávida!

A grávida tomou uma decisão consciente ao consumir *Saudália*, que claramente nunca foi recomendado para mulheres em sua condição. Se ela sabia sobre o material radioativo em sua composição? Claro que não. Nenhuma de nós sabia. No entanto, não saber de forma alguma justifica sua decisão.

— Não é uma questão de julgamento — Clara começa a argumentar. E eu sei que vai ser pior.

— Nós nunca faríamos nada para ferir alguém aqui dentro. Vocês sabem disso, nós não somos como *eles!* — defendo, me referindo aos mascarados e à Sol.

Aguardo a rispidez esperada. Para elas, nos tornamos monstros naquele dia. Se alguém me contasse meses atrás que eu gritaria com uma mulher grávida e sentiria o desejo mais profundo de agredi-la, eu duvidaria sem pestanejar. Jamais seria capaz de me ver envolvida em uma situação como essa.

— Não foi o que pareceu — Liege responde. Vanusa e Cíntia acompanham em afirmação.

A expressão de superioridade delas me irrita, agem como se fossem irmãs siamesas e aderem qualquer decisão de Liege.

— Nós sabemos. O que importa é que agora precisamos nos ajudar. Se não nos unirmos, como será a convivência daqui pra frente?

— Nós? — Liege ri. — Na boa, vão embora.

Os lábios de Clara se torcem para baixo, expressão que eu tão bem conheço, de desistência. Ela diz ok e se afasta, aguardando que eu me junte a ela para voltarmos para nossas camas.

— Uma hora nós precisaremos colaborar. A Sol não foi a primeira e acredito que não será a última — as palavras saem mais calmas do que eu planejei. — Esse bebê vai nascer, e aí, o que vocês três farão pra proteger uma criança sozinha?

Por um segundo, acho que Liege vai me esbofetear. Eu não devo explicações a ela, mas entendi que a minha frase poderia ser lida como uma ameaça. Que se dane. Sol, que outrora não perdia uma oportunidade de promover violência gratuita, é a sombra da mulher que um dia foi. Desde o episódio do ataque de pânico, aumentaram os sintomas de muitas de nós, náusea e gastrite são os mais comuns. Quanto mais gente doente, menos pessoas para tornar este lugar habitável até que possamos ir embora.

— É preciso tomar banho todos os dias pra garantir a desinfecção — completo — porque precisamos de mais pessoas pra ajudar quem não pode se locomover. A memória de assistir um documentário sobre Chernobyl retornou há alguns dias. Não podemos continuar negligenciando o que nós podemos fazer para melhorar mais rápido.

— Você sabe que Chernobyl foi uma contaminação nuclear, né? O que a gente tá vivendo é outro tipo de radiação — interrompe Vanusa, com ares de superioridade.

— Quem disse isso? Presta atenção. A gente não sabe nada.

Liege revira os olhos. Clara, com a mão na cintura, faz sinal para que eu saia daqui. É uma batalha perdida. Mas não consigo ir embora, preciso convencê-las a colaborar:

— Ninguém quer que essa criança nasça aqui dentro.

Liege me olha dos pés à cabeça e diz:

— Talvez você queira.

Engulo o amargo que subiu à garganta, me arrependendo de tudo que partilhei com Clara durante o tempo em que ficamos presas no caminhão e que todas as outras ouviram. Aqui dentro qualquer fraqueza será explorada. Viro de costas e sigo Clara, abandonando-as. Sem contato físico ou ultimatos, houve a quebra, hoje, irreparável.

Eu e Clara de um lado; Liege, Vanusa e Cíntia do outro, todas dispostas a defender uma briga que não faz sentido aqui dentro. Eu não preciso me explicar. Eu não preciso defender a minha infertilidade nem negar absurdas ideias sobre eu querer tomar o filho de uma mulher.

***

Levo Sol pelos corredores. Depois de muito pedir, nos fornecem mais cadeiras de rodas para transportar as acamadas aos lavatórios. O número aumentou consideravelmente. O quadro de Sol piorou e muita gente não entende por que não a deixamos sozinha para morrer. Ela geme durante a noite, tem acessos de falta de ar, encolhe-se na cama, está cada vez menor, definhando em dores no tórax. Clara acha que ela deve ter problema no ciático. Afinal, Sol deve estar na faixa dos 50 anos, ainda que não aparente pela rigidez da musculatura. Ela é halterofilista, ou era.

As rodinhas travam a todo momento. A cada parada, parece que Sol vai vomitar, está sempre enjoada. Atravesso o complexo de galerias e portas fechadas que levam aos chuveiros, eu e ela contamos 983 passos. Faço a contagem para agradá-la, não temos a menor possibilidade de fuga depois de sabermos que estamos todas infectadas.

Ter Sol e sua tirania era horrível, mas os dormitórios sem alguém no comando é muito pior. Fortificaram mais o lugar, as portas foram reforçadas com novas fechaduras digitais e instalaram câmeras visíveis nas entradas principais. Precisamos manter as mãos à frente do corpo para sinalizar que não estamos com nenhum tipo de arma feita a mão. Essa é a regra desde que uma mulher matou um guarda com uma escopeta artesanal montada com pedaços de ferro das camas, madeira e tiras de lençol.

Nunca descobrimos ao certo como conseguiu os materiais necessários, mas não há dúvida de sua engenhosidade. Ela foi levada e nunca mais voltou, agora não podemos transitar sem que as nossas mãos estejam aparentes.

Encosto a cadeira de rodas na parede e ergo o corpo pesado de Sol para baixo do chuveiro. Fazemos isso todas as manhãs com as que estão em pior estado, pois a água quente se esvai quanto maior o uso. Vejo duas mulheres transando no chuveiro ao lado, mas a esta altura não me escandalizo mais.

***

Abismo

As luzes se acendem e apagam três vezes. É o novo sinal para informar que devemos ir para o refeitório desde que dois grupos brigaram até a morte para estabelecer o novo comando do dormitório. As que não morreram foram levadas para a contenção.

Empurro a cadeira de rodas com Sol, e Clara se ocupa com uma jovem adolescente que piorou nos últimos dias. Somos conduzidas por guardas na frente e atrás, mascarados que não vacilam em apressar o trajeto e proibir conversas nos corredores. 459 passos nos levam ao saguão das refeições. Sol alterna em dias bons e ruins. Em algumas noites em que ninguém consegue dormir ao seu lado, aguentar seus gemidos de dor é capaz de enlouquecer qualquer um.

Ela nos amaldiçoa e promete que haverá retorno, uma pose de comando que não mais existe. Resmunga e amaldiçoa todas nós, a fragilidade constante substituída por uma força descomunal na garganta, que berra ordens pra lá e pra cá. Mas, aos poucos, ela está melhorando, embora ninguém tema que volte a ser como antes de adoecer. Ela poderia estar morta se não a tivéssemos salvado.

Não se vê mais deboches, nem tapas ou provocações. Tampouco o batismo de mulheres novas, talvez porque não tenhamos mais recebido mulher alguma. Imaginamos que está próximo do fim, pois não há novas contaminações.

No refeitório, o espaço é distribuído para que no máximo

dez pessoas ocupem uma mesa. Neste momento, há mais mesas e cadeiras do que ocupantes. Parece cada vez mais coerente existirem outros dormitórios, apesar de nunca termos visto outras mulheres. Muita gente jura que as mensagens arranhadas na madeira das mesas, que apareceram nos últimos dias, não foram feitas por nós.

 Priorizamos as mais enfermas, repassando as primeiras bandejas. Vegetais são abundantes: batata, mandioca, rabanete, cenoura. Normalmente, ingerimos sopa como acompanhamento daquilo que comemos todos os dias: peixe. Não importa se é servido fígado ou caldo de legumes, sardinhas, salmão ou bacalhau é alimento obrigatório.

 — Você não pode escapar de três coisas na vida — Clara anuncia em voz alta para que todos a ouçam. — Ser corna — ela começa, fazendo chifres com as mãos. — A morte — continua, sem cerimônias. — E a sardinha deste lugar! — conclui, fazendo caretas de repulsa como se prestes a vomitar.

 Sol ri baixinho e, pela primeira vez em semanas, termina de comer sem deixar restos ou o prato intocado. Do outro lado do refeitório, Liege nos observa com desgosto. A grávida está sentada entre ela, Cíntia e Vanusa, prontas para defendê-la de qualquer perigo.

 Não a condeno apenas por um motivo, que ainda é difícil entender: há mães demais aqui, mulheres arrancadas de seus lares, forçadas a abandonar seus maridos e filhos. Foi preciso criar mecanismos para que as pessoas sobrevivam sem endoidar. A esta altura de convivência, alguns grupos de mulheres se fecharam como famílias, com figuras de mães e pais. Uma prática comum, de acordo com Clara, que diz ter maratonado uma série sobre prisões femininas, uma narrativa que eu inclusive adicionei à lista de interesse, mas não tive tempo de acompanhar.

— Acho que, quando tudo isso acabar, eu vou escrever um livro com tudo que a gente viveu — diz Sol, puxando uma das bandejas deixadas para trás para comer mais um pedaço de peixe.

— Ou você poderia escrever? — Clara se vira para mim.

— Jamais! Eu só sei corrigir os outros, não sei escrever — respondo em defensiva. — Sou velha demais para publicar um livro, estou bem tendo ajudado tantas pessoas a publicarem suas obras. Me restam apenas poemas na cabeça e olhe lá.

— Bom, eu vou escrever. E digo mais: ainda vai virar filme! — continua Sol.

— Acho a ideia ótima, contanto que, quando isso virar filme, quero que uma famosa bem gostosa faça o meu papel. Não me venha com as magrelas de Hollywood. Não aceito e ponto — rebate Clara, empinando o nariz. — E você quer qual atriz no seu papel?

Me perco na pergunta, pensando em todo esse tempo e como a improvável amizade entre as duas cresceu.

— Não me importo muito em quem, apenas gostaria que fosse alguém que realmente parecesse comigo.

As duas começam a dizer nomes de atrizes famosas, sem saber que todas as mencionadas me desagradam por ser o tipo de pessoa que, se houvesse tal palavra no português, diria como *unsexy*. São mulheres que fazem novelas ou séries como mães e avós conservadoras, senhoras que compram mudas de plantas para adornar o seu jardim. Em suma, o resumo do estereótipo máximo daquilo que sou: professora. Com seu casaco de crochê e lenços coloridos ao redor do pescoço, sorrisos sinceros e covinhas de aconchego de vó.

Nos delírios de sonhos futuros com nossas vidas no cinema, percebo que o mundo me vê como eu vejo uma pintura que alguém tem na sala de casa e que combina com todos os móveis, deixando o ambiente confortável e acolhedor. Uma pintura previsível em tons pastel, que perdurará muitos anos e ninguém saberá quem a pintou nem se interessará por entender seu significado. Um lembrete de outro tempo, palatável e doce em sua simplicidade. Um quadro que permanecerá na parede até que alguém perceba sua breguice e o descarte junto a quinquilharias.

***

— Toma só um gole, prometo que não é ruim. — Clara estende o copo de plástico. As bochechas avermelham-se e ela sorri, oferecendo o líquido cobreado. Sinto o cheiro forte de álcool misturado ao odor de laranja podre e afasto-a com uma careta.

— Prova essa aqui. — Sol me alcança outro copo.

O odor do álcool invade as narinas, mas resolvo provar. Sinto meu esôfago em alerta na medida que o líquido desce pela garganta, arrepiando por dentro, queimando em cosquinhas, até que permaneça apenas o amortecimento.

— Esse é bom — digo, aproveitando para tomar mais um gole —, parece cachaça.

— Mulher, tu não sabe a trabalheira que é pra fazer isso.

Sol pisca e gargalha alto, a embriaguez a torcer suas palavras.

— Você só precisa de arroz, água — ela enumera com os dedos e inicia de novo —, água, arroz, fogo. E água.

Nós rimos. Sol começa a tossir e nos adiantamos para ajudar, mas ela logo empurra, dizendo estar bem.

— Como diabos elas conseguem produzir isso? — pergunto.

— As meninas dão um jeitinho.

Sem que eu perceba, balanço a cabeça em reprimenda, um

costume de professora ao reprovar atitudes de alunos. No desgosto por ser quadrada e insossa como um sushi no dia seguinte, pego o copo de Sol e bebo o conteúdo até o final.

— Que isso, mulher? Vai ficar louca! — Clara brinca e abre bem os braços para me envolver. Ela é muito menor que eu.

Me desvencilho de seu aperto e faço do próximo gole uma desculpa para o afastamento. Meu peito ébrio lateja o toque do abraço desencaixado. Partes em mim, há muito adormecidas, pulsam em protesto. Uma voz desafinada inicia a canção:

E se eu fugir e sair por aí na noitada, me acabando de rir
E se eu disser que não digo, e não ligo, e que fico, que só vou aprontar

Uma profusão de gritos e aplausos toma conta do ambiente, algumas mulheres se levantam de suas camas, formando uma pequena aglomeração, que vai aumentando. Sol levanta e canta, com os braços na cintura e o deboche nos lábios:

Quero ver se você tem atitude e se vai me encarar

Assobios e gargalhadas estimulam o coro. Clara me puxa pelo braço:

— Vamo!

Me perco no sorriso do pedido, deixando meu trôpego corpo ser guiado para o meio da multidão que entoa a mistura de fé e pinga. Clara mexe os quadris e levanta as mãos para o alto. Sol serve mais bebida e distribui entre as mulheres. Até Liege e seu séquito se juntam ao nosso grupo.

Ao beber mais uma vez a água de fogo, reparo que não sinto mais a queimação na garganta, apenas no estômago. Estou bêbada. Uma por uma, as mulheres vão ao centro do círculo formado para dançar enquanto a música continua. Sol finge tocar pandeiro com as duas mãos, outras batem palma para dar ritmo à melodia. Clara me puxa para o meio. Agora já não tenho controle do corpo, que sente a vida correr em urgência nas veias cansadas de uma professora, que neste momento é apenas uma mulher.

Aguardo até que a letra da canção chegue na parte desejada, deixando todas acreditarem que eu não vou dançar, balançando apenas os braços no ritmo do som.

É que eu sambo direitinho assim bem miudinho, 'cê não sabe acompanhar

Meus pés se movem na cadência contida, do jeitinho que apenas quem é de samba pode dançar. A memória do corpo que jamais esqueceu a batida do tambor ressoa no movimento do quadril. Boquiaberta, Clara coloca as duas mãos na cabeça e faz sinal como se a mente dela tivesse acabado de explodir.

A cantoria continua, uma atrás da outra, sem cessar. Tento sair da aglomeração, mas, conforme vou abrindo espaço, olhares de incentivo e surpresa me convidam a dançar. Faço sinal, já vou voltar, preciso de um pouco de água. Sento na cama e termino a garrafa sem tempo para respirar. O roçar no ouvido me assusta:

— Gosto de você assim, desse jeito.

Clara se mantém à minha frente, olhando para a multidão e de volta para mim.

— Para, mulher — respondo encabulada. Eu poderia jurar que Clara está flertando comigo.

***

— Vamo no banheiro comigo? — ela pergunta.

Nem tenho tempo para responder, ela vai me pegando pela mão em direção à porta. Caminhamos tentando ficar em silêncio, batendo vez ou outra nas paredes sem conseguir alinhar os pensamentos aos pés. Ela quase tropeça e eu não consigo segurar o riso.

Ela põe a mão na minha boca para abafar a risada, mas também está gargalhando.

As luzes se acendem, o que significa que o dia amanheceu. Apressamos o passo para chegar aos banheiros antes que alguém apareça. Entro na primeira cabine, a bexiga doendo para ser esvaziada. Sem controle do meu corpo, rio, tentando acertar o buraco do vaso. Ouço o barulho dos chuveiros.

— Que você tá fazendo, Clara?

— Aproveitando a água quente — ela responde embaixo do chuveiro, engasgando entre rir e engolir água.

— Vou te esperar lá.

— Até parece, vem tomar banho também — a voz dela adquire uma firmeza destoante que me faz temer algo que nem sei explicar.

Dou um passo para trás, em direção à saída, no prenúncio de quem está prestes a pular um abismo, sem ter certeza do que espera do outro lado.

— Vem. Eu sei que você quer também.

Permaneço no mesmo lugar, é como se eu tentasse rebobinar uma fita da minha vida, em segundos de indecisão. Clara é mais rápida que meu cérebro a ruminar: ela avança e, antes que eu possa sair correndo na descrença de seu interesse, sua língua invade minha boca e eu deixo. A tontura do álcool me abandona, meu corpo se concentra no beijo aflito.

Apesar da urgência, sinto delicadeza em seus movimentos. Ela segura meu rosto e afasta, encarando minhas dúvidas ainda presentes com um olhar de desejo. Ela tira minha roupa e eu agarro seu corpo.

Sem deixar de nos tocarmos, ficamos embaixo da água quente, com os seios a roçar uma na outra.

Com suavidade, ela me encosta na parede, mordiscando minha orelha, as mãos se movendo sem pressa, deixando o arrepio por todo o caminho até alcançar o clitóris. Entre me perder no alívio urgente e preencher a sede que me atormenta, impeço Clara de se abaixar quando sua boca está prestes a me alcançar onde mais preciso. Ela me olha em desaprovação, faz biquinho e tenta descer novamente. Seguro seus braços para que ela fique em pé e eu possa libertar por completo o que nenhuma reza de meus pais pode segurar.

Deslizo por seu corpo para que seu quadril estremeça na minha boca e ela queira mais. Não tenho pressa, tenho fome. Minha língua escorrega e acaricia cada textura e reentrância que se deságua, inchando e pulsando em sucessivos choques e trancos. Ela desaba em gemidinhos de choro e riso que fariam até os anjos sentirem inveja. Acompanho seus soluços de calmaria dando beijinhos na superfície ainda sensível.

Clara me observa, o peito ainda a subir e descer do fôlego perdido.

— Você me paga — ela sussurra ainda ofegante.

Sorrio.

Nos deitamos no chão, esquecendo por um momento onde estamos e todos os desafios que nos cercam: a contaminação, os subterrâneos, a falta de um futuro.

Seus lábios abocanham meu seio, mordiscando de leve o mamilo com o piercing atravessado que o adorna, uma herança da rebeldia adolescente. Camadas de intensidade se desvelam no explorar das mãos firmes que me seguram. Ela abre meus lábios, lambendo de cima a baixo, sem deixar qualquer pedaço inexplorado pela maciez de sua língua. A angústia agridoce se amplia quando ela abocanha meu clitóris em movimentos de sucção em harmonia com o dedilhar em regiões precisas. Em brasa, nos viramos para ficar com os corpos em oposição, sorvendo a energia uma da outra. No frenesi de consumir seu corpo e ser consumida por ela, posso enxergar minha alma se desfazer e sinto, a me acordar das profundezas do espírito, a sensação de que alguém nos observa com inveja.

A poeta que humana, coração 0,5%, fechou o vidro

"Prove que voa pra trás", desafiou
O bater de asas se alongou
O pássaro seguiu, fundiu-lhe as penas
No transparente caixão

A poeta cutucou o animal
Fascinada pela rubra penugem
No vidro a refletir sua própria vergonha
    Se pudesse voar pra trás, faria melhor.
    — Que você tá pensando?
    — Nada — respondo, memorizando o poema para continuar a criá-lo depois.
    — Vamo dormir que eu tô exausta!

As estrelas

Com esforço, abro a janela. As venezianas emperradas pela ferrugem fazem um som metálico. Atenta aos roncos de minha vó, tento não fazer barulho. Vou me aconchegando ao parapeito, acomodando as pernas pro lado de fora.

Não sei como vovó não acorda. A escola de samba aqui perto de casa faz tremer as paredes. Confiro mais uma vez se a vó tá respirando pelo movimento do cobertor. Se ela me pegar na janela de novo, vou ficar de castigo, ou pior, vou apanhar de chinela. Por enquanto, está tudo bem.

O tambor continua tocando e eu consigo sentir meu coração vibrando com ele. Coloco a mão no peito e tento contar as batidas, mas logo perco a vontade.

Olho pro céu. A noite tá do jeito que eu aprendi que amanhã não vai chover. Cheio de estrelas. Que gritaria lá na esquina. O samba continua e eu não consigo me concentrar na música pra fazer pedido.

"Eu ficava olhando as estrelas e fazia um pedido ao luar..."

Dentro da minha cabeça, consigo ouvir a Sandy cantando. Fecho os olhos pra pedir com mais força pra que eu consiga ir ao show da Sandy e Junior. A mãe disse que não, que não tem dinheiro, mas, quando tiver, vou poder ir. Tudo pra depois, outro dia, quando tiver dinheiro a gente vai. Assim não é justo. A mãe trabalha e trabalha e nunca tem dinheiro. Eu não quero ir outro dia, quero ir nesse. E eu sei que, se eu pedir com muita força, alguma coisa vai acontecer.

O barulho do portão me assusta e eu viro pra ver se minha mãe chegou. É só a vizinha. Engraçado, ela tá de bobes. Acho que ela odeia o Carnaval mais que nós.

Preciso me concentrar. Pra sonho nada é impossível. Eu sei que vai aparecer uma estrela cadente. Olho pro céu. Preciso de um sinal, universo, por favor!

"Eu ficava olhando as estrelas e fazia um pedido ao luar..."

— Show da Sandy e Junior, por favor! Por favor, Deus!

"O universo inteiro conspira pro desejo se realizar..."

Coloco a mão no peito, bem como a vó ensinou. No coração. Não consigo segurar o choro doído.

— Por favor, Deus. Faz a mãe deixar eu ir no show.

Abro a pasta com os recortes de todas as revistas e jornais em que a Sandy aparece. Trago pra perto o rosto da Sandy e beijo sua boca. O grito da vó me assusta e eu deixo a pasta cair pra fora da janela.

— Vem pra cama! Agora!

Chorando, eu imploro:

— Vó, a pasta caiu na rua!

— Que diabo tu tava fazendo na janela? Eu já te falei pra não ficar pendurada!

— Eu tava cantando Sandy e Junior...

— Essa hora da noite? Tu ainda vai me matar do coração, viu? Vamo lá comigo que eu não enxergo direito.

Tá escuro, fico agarrada na saia da vó. O samba da rua tá diminuindo e as pessoas estão começando a passar aqui na frente de casa.

— Anjo, por favor, salva a gente, eu não quero morrer de Carnaval!

A vó me segura de um lado e pega a pasta com a outra mão. Não preciso nem tocar pra saber que a pasta caiu na poça d'água. A gente vai voltando rápido e a vó pede pra eu parar de chorar.

— Amanhã a gente conserta. Agora vai dormir.

Pego meu travesseiro e me aconchego pra perto da vó. Eu sei que é mentira, não tem como consertar papel molhado. Choro de raiva, mas não faço som pra vó não xingar. Eu sei, eu tava onde não devia. E ainda por cima desperdicei o pedido do anjo que eu ia usar se a estrela cadente não aparecesse. Agora é sem show da Sandy e sem a pasta.

Me cubro e fecho os olhos, tentando imaginar outro mundo, outro lugar onde eu possa fazer o que eu quiser. Sinto o toque bem devagarinho que vai passando calor em cima da minha coberta. Ele me ouviu! Ele veio! O anjo voltou!

***

— Você pode acordar, por favor?

Me espreguiço, alongando as costas. As mulheres se encaminham para a porta, deve ser hora do almoço. Bocejo e me sento na cama. A dor de cabeça martela apenas um lado e eu me encolho esfregando os olhos. Não sei bem o que dizer, nunca fui de muitas palavras no dia seguinte.

Clara está corada, age como se nada tivesse acontecido, zombando de quem passa pelas camas e tropeça nas hastes metálicas. Não fosse o sorriso de lado e a risada sem motivo a cada cinco segundos, eu diria que tudo está como antes. Aderimos ao grande grupo que caminha a passos lentos, sofrendo as consequências do álcool caseiro da noite anterior.

Me sinto acordada, desperta ao nível de estranhar como nos acostumamos a este lugar. De um lado, Liege, Vanusa e Cíntia sem ter vínculo algum com outras pessoas, mantendo apenas o trio unido pela obstinação em proteger a mulher grávida. Nunca me interessei em saber seu nome, nem da maioria das pessoas com quem convivemos. Muitas de nós têm aversão por revelar qualquer coisa pessoal aqui dentro. Do outro lado, pequenos grupos estão espalhados, seja por afinidade ou por relações desenvolvidas neste lugar. E eu e Clara, que no início contávamos apenas uma com a outra, de repente, pertencemos a um trio com a Sol, uma união improvável.

— Ei, tá tudo bem? — Paro para observar atentamente seu rosto, as sobrancelhas dela estão unidas em expressão de dúvida. — Você tá com uma cara estranha — ela completa, inclinando a cabeça para um lado e para outro, levantando as mãos como quem diz: "e aí?". Tentando parecer descontraída, mas inteiramente preocupada.

— Você também tá com uma cara esquisita. Mas eu estou bem, só cansada — digo.

E ela ri, entendendo o que quero dizer.

***

Clara gesticula, usando os braços para enfatizar as palavras. Revira os olhos e pergunta o que estou olhando. Não sabe que, a cada palavra, um verso se forma em minha cabeça. Cada gesto comedido, cada toque, mesmo o mais despretensioso, vira poesia em meus pensamentos.

Em nosso refúgio nas águas, transcendemos o espaço, fugimos deste buraco de pedra. As paredes desta prisão se desmancham, os chuveiros ao nosso redor desaparecem, imaginamos uma cachoeira a nos inundar, uma outra cidade, um outro tempo. Quando meu coração pesa, é em seus olhos que encontro o refúgio que nunca tive.

— O que você tá olhando? — Clara me toca o rosto e se aconchega em meu pescoço.

Envolvo seu corpo, acariciando suas costas. Ela levanta os olhos, com o sorriso de canto de lábio que significa que ela quer. Seu

desejo por mim me faz rir de volta. Faço um gesto para o caminho dos chuveiros. Ela se espreguiça e levanta, me puxando pela mão. Não fui desejada antes, nem mesmo por meus pais, que dirá por quem tenha me acolhido de corpo nu e coração fechado. Sou puxada para andar mais rápido, ela me faz segui-la como um gato atrás de um novelo.
Fui eternamente transitória. Um acaso. Um movimento que se faz, mas poderia não o fazer. Fui erro e arrependimento, tocada por dedos que deixaram marcas de um adeus silencioso. Não fui trocada, nem substituída, pois nunca pertenci. Me deitei em braços proibidos, fui amaldiçoada. Hoje me pergunto o quanto a circunstância empurra os braços de Clara para os meus.

***

Das maneiras mais simples de se perder na voz do outro
Daquilo que falta sem ter medo do sorriso
Vem dar chance ao repetir sem precisar
***

Embaixo da mesa, ela entrelaça os dedos nos meus e eu sinto o frio na barriga misturado a uma sensação de calmaria que me faz fechar os olhos por alguns segundos.
Se a felicidade é isso, estou pronta para morrer.

Criação

Cíntia e Vanusa seguram os braços da grávida e a colocam numa cadeira de rodas. Sua calça branca manchada em um grande círculo vermelho vinho. Liege pede aos berros para que todas se afastem, mesmo assim, Clara vai até lá, é o mais próximo que temos de alguém com conhecimentos médicos.

— Respira fundo. Calma — Liege repete, empurrando a cadeira de rodas com cuidado.

Os gemidos de dor acompanham a procissão cada vez maior, de curiosidade ou pena.

Eu conheço a sensação de acordar com a cama manchada. O horror ao ver a vida despedaçada abandonar o corpo.

— É normal ter sangramentos. Não vamos nos precipitar. — Posso ouvir Clara dizer em um tom empático, porém distante. Ela sabe tanto quanto eu que nem sempre isso é verdade.

As mulheres estão se reunindo e cortando pedaços de lençol, não sei o motivo. Não é um trabalho de parto. É cedo demais, a barriga nem mesmo aponta para baixo.

— A hora certa é a hora do bebê — a senhora se aproxima, em seus raros momentos de diálogo em português. Em seguida, volta a resmungar em espanhol, as frases corridas, entoando como uma prece antiga ininteligível.

Antes delas desaparecerem pela porta de saída, Clara me olha uma última vez, a contestar minha imobilidade em auxiliar. Relaxo a mandíbula ao perceber o quanto estou apertando os dentes e, com o peso das lembranças no peito, decido enfrentar meu medo de ver o pior acontecer. Não por Clara, mas por essa criança que não deve pagar pelos erros de sua mãe.

***

Avanço para a próxima porta, fechada. Batemos nas paredes, fazemos sinal para as câmeras, absoluto silêncio de quem nos observa. Percorro os corredores em busca de alguém que possa atendê-la. Quem não está diretamente ajudando sai para todos os lados, a fim de buscar ajuda de um guarda que possa estar de vigia. Ninguém.

Depois de tantas confusões, eles só aparecem para nos escolher nas refeições, não se aproximam, não chegam de surpresa, nem regulam o que fazemos com nossas vidas aqui dentro enquanto a cura não chega. Fora isso, eles aparecem quando alguém morre, levando o corpo para algum lugar. E isso não acontece há muito tempo.

Vou socando as paredes, mais alto e mais forte. Quando viro o último corredor, ouço vozes abafadas do lado de dentro.

— Por favor, nos ajude!!! A mulher grávida!

Silêncio.

Ignoro as lágrimas a molhar meu rosto. Continuo gritando, precisamos de ajuda. Uma porta se abre e uma horda de guardas corre para fora. Encosto-me na parede para deixá-los passarem com a maca. Vou seguindo, com distância, caminhando a passos largos, postergando os pensamentos de angústia de que a grávida esteja morta.

Quando chegamos aos lavatórios, as mulheres se dispersam da entrada. A grávida está pelada embaixo de um dos chuveiros, Clara e

Liege estão debruçadas entre suas pernas. Vanusa e Cíntia seguram suas mãos, rezando. Há muito sangue, a água desemboca ao ralo com filetes rubros que deixam o porcelanato rosado. Os guardas colocam a grávida na maca, sem nada dizer. Seguimos atrás até que um deles para, com o bastão pronto para impedir que qualquer uma de nós avance. Uma porta se abre e eles movem a maca para dentro. É possível ver, do outro lado, uma estrutura que parece um laboratório. Dezenas de guardas correm de um lado para o outro, com os mesmos uniformes, à exceção da coloração das botas de borracha, azul-escuro. Bem ao fundo, consigo ver uma entrada larga como um portal, por onde saem luzes arroxeadas. Em segundos, a porta é selada novamente.

 Liege desaba com as mãos ensanguentadas no rosto, Clara põe uma das mãos em seu ombro e ela retribui o abraço. Ninguém se move. O resto de nós se ocupa em limpar o chão e jogar fora as roupas da grávida. Pela primeira vez, vejo a senhora que murmura em espanhol em silêncio. Não fosse o barulho de seu pé a martelar o chão de forma constante, não teria notado sua presença. Ela não está ajudando e parece não se importar. Vejo-a ir até o lixo pegar a calça que a grávida estava usando, colocando-a próximo ao rosto como se analisasse algo. Acho que está catatônica. Faço sinal para que uma das mulheres a leve de volta ao dormitório, que a toca para que ande. A senhora solta um grito de susto, deixando cair o tecido aos meus pés. Ela deixa os lavatórios sussurrando em espanhol.

 Pego a calça e, por via das dúvidas, observo-a com atenção. Não há nada além do círculo de sangue com o entorno parcialmente descolorado com o contato com a água e um borrão preto que deve ter sido o contato no lixo com as fezes de alguém.

Eclipse

— Chorar não resolve nada — Sol declara.
É o terceiro dia e a grávida ainda não voltou.
Eu e Clara nos ocupamos diariamente com as escovas de dente, afiando as pontas nos chão, escondendo os objetos, cuidando para que os guardas não vejam. Sol camuflou as partes de uma besta improvisada. Fugiremos.

***

— Se eu conto, ninguém acredita, mas eu ganhava uma nota trabalhando em um shopping — Sol começa. E lá vem história.
Desde que a grávida foi levada, o clima geral é de desesperança. Mesmo aquelas que não eram próximas ou, como eu, nem sabem o nome da mulher, de alguma forma, sofrem o impacto de não ter notícias, nem saber se ela ainda está viva. O acalento coletivo se tornou a roda. Algo que no início era tímido, protagonizado por poucos pequenos grupos de conversa, acabou se tornando um grande círculo em que compartilhamos histórias e vivências.
Parece que Sol entendeu que a melhor maneira de comandar um grupo não é por meio da violência que disseminava quando chegamos, mas a proximidade. E assim passamos horas e horas a ouvir causos, com momentos de riso e choro, uma rotina que colabora para aquecer meu peito e me fazer sentir menos culpa por não ter feito mais pela grávida, por ter gritado com ela.

— Eu chegava na recepção assim — Sol desfila ao nosso redor, como uma rainha em comitiva solene —, tirava as sapatilhas, porque eu ia pra lá de ônibus, né? Mas tinha que manter a pose de quem tem dinheiro. Vocês sabem como shopping de bairro chique funciona, um monte de pobre que tem que parecer que tem dinheiro pra vender coisa pra rico. Então eu chegava antes da abertura, botava um vestidinho preto que era o nosso uniforme. Era uma peça bem simples, mas, naquela época, meus amores, se eu usasse um saco de batatas, ainda assim, ficava gostosa.

Reviro os olhos e sou acompanhada por Clara, acostumadas a ouvir as histórias da Sol: ela sempre é a protagonista de tudo que conta, todos queriam comê-la ou se metiam em furadas por sua causa.

— Eu tava lá arrumando uns cabides, esperando que um cliente viesse. Trabalhava na loja de ternos masculinos, aí já viu, um monte de homem lindo vinha comprar comigo. Às vezes, quando eles vinham com as mulheres, era terrível, pareciam umas Barbie carrancuda.

— Sabe que eu também trabalhei no shopping? — Clara conta, surpreendendo todas nós. Eu achava que ela nunca havia trabalhado antes da faculdade de educação física. Tinha família abastada, do tipo que premia o filho por passar no vestibular com um carro e um apartamento.

— Com esse rostinho, meu amor? Quem diria que a Barbie fitness também já trabalhou!

— Foi castigo dos meus pais. Eu dei perda total no carro da minha mãe.

Nós rimos, o copo de *choca* revezando entre nós. Ainda não me acostumei com o gosto amargo, bebirico um gole e passo adiante.

— Imagina um ruivo bonito, daquele que parece que nem é do Brasil, com cheiro de dinheiro. Ele era meio velho, mas pra mim era até melhor. Os velhos gastam mais, os jovens entram correndo, levam o que tá na vitrine e tchau.

É engraçado ouvi-la falar em velhos. Ela é mais velha que eu, mas eu entendo o distanciamento, também me sinto jovem por dentro.

— Eu peguei a fita métrica e falei: vira de costas. Vem aqui, Cíntia, deixa eu mostrar.

Primeiro Cíntia recusa, mas acaba cedendo. Há alguns dias, elas começaram a se relacionar. Desde que Sol recuperou o vigor, a rotina de muitas namoradas foi retomada. Os laços que se formam aqui às vezes não fazem nenhum sentido.

— Aí fui passando a mão assim nos ombros dele, conferindo o restante enquanto eu anotava, porque não sou boba. Fui lá e entreguei uns modelos de acordo com o tamanho dele e voltei para a recepção. Alguns minutos depois, ele me chamou e eu fui. Imagina minha cara quando ele abriu a cortina e o pau tava pra fora!

Quase engasgo, quando ela continua:

— Imagina um pinto vermelho e estranho. Sabe, parecia aqueles pinto de cachorro, um batonzinho molhado que vai aparecendo aos poucos. E cheio de pelo ruivo em volta. Foi o pau mais feio que eu já vi!

— E aí, o que você fez? — pergunta uma das meninas, com cara de nojo.

Sol fecha uma mão e, com a outra, começa a passar um dedo para fora do buraco, imitando um cachorro quando está excitado.

— O que eu fiz? Com aquele pau que era tão feio quanto grosso?

Clara ri com a cabeça para trás.

— Pau grosso, que delícia — brinca outra mulher.

Clara revira os olhos, tem aversão a qualquer menção de pênis.

Sol deveria ter sido atriz. Ela gesticula e faz caretas, gemendo e gritando, passando as unhas no ventre, dizendo que o homem a rasgou por dentro.

— Cada vez que ele vinha, parecia um soco dentro de mim. Sabe aquela cólica que vem e volta? E ele não parava, não, o velho era bom.

— Que horror. Por que tu fez isso? — pergunta uma das mulheres, com cara de quem não gostou. É uma das tantas que desaprova os relacionamentos aqui dentro, tem uma família lá fora e um Deus para quem prestar contas.

— Por que eu fiz? Presta atenção, eu trabalhava no shopping, o salário era uma merda, mas a comissão dos velhos, meu amor, era ótima.

***

És fogo
Tua silhueta no amanhecer
Reflete o corpo caramelo
A causar inveja nas estrelas

Deusa perdida
A eles condena
Queriam que fosses
Amélia

Arrebentando as linhas do destino
Deglutinando as forças
Do tempo
Fostes Capitu

— Vamos? — sussurro em seu ouvido.
Clara me olha e não precisa dizer mais nada.

***

A água gelada escorre por nossos corpos, os sorrisos se encontram nos lábios ao se tocarem. O ar sufoca, mas continuamos. Com carinho, ela passa os dedos, explorando as dobras de que sempre tive vergonha. Agarro sua cintura e a puxo. Ela joga a cabeça para trás, mordo os lóbulos da sua orelha, descendo a língua, retornando ao queixo, onde dou mordidinhas. Quero cravar meus dentes em sua pele macia e jovem. Deixar marcado na pele o que nunca será inteiramente meu. Ela ronrona, um gemidinho baixo, e me afasto para vê-la por inteiro. Sol entra apressada embaixo do chuveiro ao lado e coloco os braços à frente dos seios, desvencilhando-me de Clara.

— O que houve? — pergunto, vendo-a cutucar alguma coisa atrás do chuveiro.

— Malditos! — ela grita. — Onde vocês estão escondendo as escovas?

— Atrás do vaso — Clara responde.

Sol avança para as cabines, abrindo-as uma a uma, gritando e falando palavrões.

— Tudo desapareceu!

***

— Como vamos fugir sem ter como nos defender?

— A gente só precisa fazer as coisas mais rápido.
— Clara, olha pra mim. Será que essa é a melhor decisão?
— Vamos focar em terminar isso.

***

— Então a Clara vai passar pelo buraco.
— E depois, Sol? — pergunto, os lábios torcidos em desacordo. O plano suicida tensiona minhas sobrancelhas. A acidez no estômago me impede de focar na resposta.
— Com um pouco de sorte, tudo vai ser como prevemos — Sol responde, com o queixo erguido, não quer perguntas.
— A gente reuniu informações sobre tudo que lembramos. Se atacarmos em bando, vai dar certo — completa Clara, aborrecida por minha repetição das mesmas perguntas.
— No meio do agrupamento, alguém sairá ferido... — despejo minha preocupação.
— É um risco que todas estamos dispostas a correr — finaliza Clara, desviando o assunto para a organização das etapas.
— E se do outro lado tiver uma porta, um código pra impedir que avancemos, um alarme pra alertar de nossa fuga?
— Tentar é melhor do que não fazer nada.

Desencaixe

— O que acontecerá com as mais velhas?

Silêncio. Afio o cabo da escova de dente na parede dos chuveiros.

— E quem não consegue se locomover?

Os chuveiros estão ligados, é seguro falar, porque o som da água batendo no piso abafa qualquer conversa. Clara se vira como se fosse chegar mais perto, abre a boca e desiste, pega uma escova e caminha para o lado oposto.

— Eu vou afiar a minha no box, que é melhor.

— Tudo bem, Clara, como você quiser.

Raspo o cabo na parede, que começa a tomar uma forma pontiaguda. Quero dormir e acordar sem que nada disso exista, é a primeira vez que desejo isso depois de Clara. Não quero machucar ninguém, nem deixar outras mulheres para trás.

— Vou voltar pro dormitório, já terminei aqui.

O tom tenta ser descontraído, mas o aborrecimento é transparente. Continuo raspando o cabo e finjo que não estou ouvindo. Muitos segundos depois, ela para ao meu lado:

— Sei que você vai levar ainda um tempo pra melhorar a sua escova, então vou te deixar fazer isso.

— Tudo bem, Clara, como você quiser.

Ela persiste na mesma posição por alguns segundos e então parte.

***

— Eles pegaram tudo de novo — Sol tenta controlar a voz, as narinas dilatam-se para fora e para dentro, seu pescoço rígido lateja em veias grossas.

Desvio o olhar.

A notícia corre em burburinhos. Como descobriram nossas armas improvisadas, é apenas uma questão de tempo até que encontrem os esconderijos.

— A gente não precisa de um plano novo. Vamos deixar quieto — Sol cochicha para Clara. Ainda conta com ela para a parte mais crucial do plano: pular o buraco por onde recebemos as bandejas no refeitório e tentar, de algum modo, nos libertar.

A esperança de que a cozinha dá acesso a algum lugar pelos cálculos e registros mentais de nossos passos aqui dentro me parece um grande erro. Contar com a derrubada de guardas, conseguir acesso a alguma saída e ainda transportar mais gente conosco são elementos demais para contar com a sorte. Clara e Sol diminuem o tom da conversa, não querem que eu ouça. Um arrepio na nuca faz minhas costas estremecerem. Por algum motivo, acho que não faço mais parte do plano.

***

Ninguém gosta de enxergar o desfecho, que dirá falar sobre ele. Seu corpo ainda responde às minhas carícias, meu corpo deseja estar com ela.

Há um desencontro crescente. Clara e Sol cochicham o tempo todo, comigo partilham informações que acredito não serem completas. As duas, em sussurros de canto, despertam a pontada de dor que se equilibra entre o que estou vendo e o que posso imaginar. Não tenho direito de pedir ou esperar por nada além do que este lugar oferece: um colo quente onde posso despejar as mágoas e encontrar rompantes de desejo. Clara não é e nem pode ser minha morada.

    Unimos as camas há tanto tempo, muito antes de sermos, ou de eu achar que éramos uma só. A ideia de vê-la ir para outra cama me sufoca, de saber que em algum lugar seu corpo pode estar se aproximando de outro alguém, que a qualquer momento ela irá me chamar para conversar e dizer que não dá mais.

    Ver o fim antes que aconteça faz com que ele aconteça?

***

    Clara está nervosa, Sol controla os gestos, mas é nítido que estão brigando. Elas olham para mim. Finjo prestar atenção na mulher que murmura em espanhol e faz movimentos de braço por cima dos ombros em uma dança cadente que ora convida outras mulheres a participar, ora se afasta como se fugisse. Vejo Clara e Sol através da multidão. Inclinando-se mais, Sol parece estar a ponto de agredi-la. Levanto para intervir, mas Clara se adianta, deixando Sol falar sozinha e vindo em minha direção. A mulher que murmura espanhol se atravessa em sua frente e bate as palmas nas ancas, movendo o pulso como se tentasse puxar Clara para si, cantando:

Soy como el oro

Soy como el oro

    Clara desvia da senhora, que fecha a cara e balança uma saia imaginária. As mulheres assoviam e batem palmas:

Mientras más me desprecias

Mais valor tomo

    — Nós vamos fugir daqui. Eu e você. — Clara segura minha mão, desenha a promessa em meus dedos e me beija os lábios em esperanças vazias.

Vejo Sol do outro lado a nos observar.

***

Viro de costas para não ouvir seu choro.

As mudanças de humor são repentinas. Somos dezenas de mulheres, com os hormônios à flor da pele e ainda sincronizados. Ou assim deveria ser. Algumas de nós simplesmente pararam de menstruar, mas as que menstruam tiveram seus ciclos alinhados naturalmente. Quando está menstruada, Clara é chata que dói, de um jeito que beira o insuportável. Em nada muda o que sinto, mas as inseguranças tomam proporções descabidas quando ela está menstruada. E isso ressoa em todo mundo. As pessoas ouvem Clara, ela se tornou uma espécie de referência, porque é a pessoa mais próxima de um médico que temos. Estamos todas vivendo o cotidiano enclausuradas, algumas aceitaram menos. Hoje, Clara definitivamente é uma delas e, nas mudanças de humor, sempre fala em fugir.

Deve ser humilhante ter de conter a menstruação com papel higiênico para uma pessoa que jamais teve de passar por isso. Comer mal, não respirar ar puro, estar longe de amigos e família, é uma situação horrível para todas. Hoje ela e a Sol voltaram a se falar e começaram a traçar um novo plano com o que temos memorizado: as estruturas que conhecemos e pudemos quantificar a partir da distância que levamos para chegar em cada lugar e a proporção que calculamos do tamanho deste complexo. Me tornei descartável, mais uma vez.

— Eu tô falando sério — a voz abafada de choro contido é seguida pelo longo suspiro.

Clara sabe ser dramática, mas não posso concordar. Seria

loucura arriscar uma fuga sabendo o quão próximo estamos de ir embora.

— Como você sabe disso? Pode ser que nós fiquemos aqui por anos e jamais nos libertem.

Explico para ela de novo: no início, tudo foi violento, um caos, porém, depois que soubemos o porquê de estarmos aqui, não há mais violência, nem mulheres novas. Os anúncios diários continuam, mas agora nos informaram que precisaremos apenas ficar mais algumas semanas e então iremos embora.

— Você é burra demais por acreditar nisso — ela diz. Desta vez me dói porque faz brotar da memória a voz grave de meu pai quando me disse, há muitos anos, que eu era burra demais para qualquer coisa, que tudo que eu tocava virava merda.

— Eu acho que a gente tem que parar — respondo em defesa, sabendo o que isso significa e esperando que ela dê o braço a torcer. A mágoa cresce no silêncio de não ouvir uma resposta. Isso apenas consolida o que acabei de dizer.

Clara senta na cama e, olhando para mim, com uma repulsa nunca antes vista, diz:

— Eu acho também.

Tudo que eu toco vira merda.

Um sonho para quem tem sede de viver

O jato leitoso sobe à garganta a uma só vez. Levanto zonza, com um desconforto no estômago, e, em ondas, me concentro em chegar ao banheiro sem acordar ninguém. O mal-estar se agrava conforme caminho, tento colocar menos peso, caminhar com as solas dos pés devagar, a tontura me faz encostar em uma das paredes no corredor. Meus ouvidos latejam e, sem conseguir segurar, vomito no chão.

O primeiro jato se esvai em aberto em um jorro crescente. O cheiro reforça a náusea e eu deixo o corpo expelir tudo, sou acometida por uma crise de tosses, me engasgo, vomito até não ter mais o que pôr para fora. Vou caindo devagar, as pernas amolecem, encosto o rosto no chão, o último líquido que escorre para fora de meus lábios se espalha na frente da minha cabeça, salivo, o gosto amargo tornando-se ferroso, um filete espesso de sangue se mistura à bile.

Fico parada durante muito tempo, de olhos fechados, dormitando e acordando. Estou incapaz de mexer as pernas, à espera de que alguém me encontre. Vultos se aproximam e eu sou banhada por mãos alheias, sou movida para o lado, sinto as mãos de Clara a conferirem meu peito.

— Ela também! — ela grita.

***

Muitas mulheres pioraram, novos sintomas surgiram. Meu

mal-estar inicial se transformou na falta de ar, uma sensação de asfixia acompanhada por um sentimento de agitação e suor nas extremidades. Sol piorou também. Hoje, quando acordei e não senti as pernas, recusei a ajuda de Clara logo que ela se aproximou.

A virada do ressentimento, como eu poderia aceitar que ela me banhe depois de tudo que aconteceu? Cíntia, que não desgruda de Sol, se encarregou da tarefa. Sinto vergonha por não conseguir fazer algo tão íntimo quanto ir ao banheiro.

— Ergue o braço — Cíntia pede e eu faço um esforço intenso para conseguir. Meus cotovelos pesam para baixo e minha cabeça pende sem sustentação.

— Parece que você já tá morta — Sol diz na cadeira ao lado, tossindo entre as palavras.

— E você tá ótima, Sol — respondo, tentando sorrir, o máximo que consigo é abrir a boca dos lados, mas logo vem a náusea. Um líquido amargo me sobe à garganta e um movimento involuntário cresce, expandindo o peito para cima.

Cíntia me coloca mais para baixo do chuveiro e a corrente molha meus cabelos, trazendo um pouco de alívio. O azulejo ladrilhado em linhas começa a girar em mosaico. Pequenos pontinhos pretos piscam e se apagam dos cantos para o centro até que reste apenas o silêncio e o manto negro da cegueira.

***

Às vezes, te vejo poesia que me escapa
Um verso que insiste em dançar entre os dedos
E teima em existir na ponta da língua

Às vezes, o meu respirar é prosa
Na serenidade do descanso
Que desconhece a observação do outro

Às vezes, e muitas mais vezes
Sinto e respiro contigo
E deixo tua pele na minha só um pouco
Segundos, minutos de hesitação e consciência
Para dar ciência daquilo que nem as letras sustentam

Deixo, para dizer o domínio
Do verbo em pessoa primeira
De quem não controla o verbo intransitivo
E intransigente

Deixo
E vou deixando,
Apenas
O suficiente

Pra lembrar e jamais esquecer
Num futuro incerto de pedra
Que o teu corpo de poesia
No meu corpo de prosa
É Carnaval o ano inteiro

— Escrevi pra você — as palavras se vão no sorriso solto que anseia a afirmação e teme a rejeição —, eu queria registrar isso de alguma forma. Esse momento em que somos uma. Eu sei que você entende, mesmo que não possa dizê-lo. Você sente. Num universo infinito de palavras, eu juro que é suficiente.

***

Despenco arranhando as paredes de um poço. Não consigo respirar. Meu corpo cai em alta velocidade, cada vez mais fundo. Ouço o som de água corrente, estico as mãos tentando agarrar algum vinco em que eu possa me segurar. Ao meu redor, imagens tomam forma em redemoinho prismático: navios são tragados para o fundo do mar por uma estrutura humanoide que se movimenta, fazendo despencar areia, joias e pedaços de embarcações; mulheres sangram ao levar chicotadas; grandes ondas invadem as beiras de uma praia; o rompimento de uma barragem faz a terra arrastar carros e prédios; portas de um metrô são fechadas apenas com crianças do lado de dentro; peixes se debatem no rio seco. Uma fortaleza de pedras gigantes é erguida, sua superfície é tomada pela neve, chuva e sol, desenhos são talhados na rocha e as muralhas se sedimentam. Ervas são maceradas, fervidas e coadas, mãos dilaceram a carcaça de um cordeiro, um grito de dor rompe o som, uma mulher berra em algum lugar, cada vez mais perto. Vejo um ponto de luz, uma flecha é disparada e eu sinto a madeira atravessar minha garganta.

Estou sozinha no escuro e não há ninguém para me salvar. Estou sozinha no escuro e não há ninguém para me salvar. Estou sozinha no escuro e não há ninguém para me salvar. Estou sozinha no escuro e não há ninguém para me salvar. Estou sozinha no escuro e não há ninguém para me salvar. Estou sozinha no escuro e não há ninguém para me salvar. Estou sozinha no escuro e não há ninguém para me salvar. Estou sozinha no escuro e não há ninguém para me salvar. Estou sozinha no escuro e não há ninguém para me salvar. Estou sozinha no escuro e não há ninguém para me salvar.

Estou sozinha no escuro e não há ninguém para me salvar. Estou sozinha no escuro e não há ninguém para me salvar. Estou sozinha no escuro e não há ninguém para me salvar. Estou sozinha no escuro e não há ninguém para me salvar. Estou sozinha no escuro e não há ninguém para me salvar. Estou sozinha no escuro e não há ninguém para me salvar. Estou sozinha no escuro e não há ninguém para me salvar. Estou sozinha no escuro e não há ninguém para me salvar. Estou sozinha no escuro e não há ninguém para me salvar. Estou sozinha no escuro e não há ninguém para me salvar. Estou sozinha no escuro e não há ninguém para me salvar. Estou sozinha no escuro e não há ninguém para me salvar. Estou sozinha no escuro e não há ninguém para me salvar. Estou sozinha no escuro e não há. Estou sozinha no escuro e não há ninguém para me salvar. Estou sozinha. No escuro. Não há ninguém.

***

— Clara, ela tá acordando! — Ouço a voz de Liege em algum lugar muito longe.

Minha cabeça parece que vai explodir, um gosto intenso de remédio irrita meu estômago vazio, que ronca em ondas de tanta fome.

— Quero água — digo com a garganta seca, a voz rouca sai doída e eu pigarreio até que ela se acomode. — Alguém pode me dar água?

Sento com dificuldade, uma dor aguda na parte baixa da coluna faz com que eu me arrependa de ter me movido tão rápido.

— Calma, meu amor. Eu tô aqui — Clara sussurra em meu ouvido, beijando o topo da minha cabeça.

Meu corpo dormente reclama do abraço, mas não digo nada, apenas olho para ela sem entender por que está me chamando de meu amor. Seu rosto está abatido, a bochecha inchada do lado esquerdo, como se estivesse com caxumba.

— A gente achou que tu não ia mais acordar, você ficou assim por quatro dias.

— Nossa — é a única coisa que sou capaz de dizer, enquanto observo a bola em sua bochecha.

Antes que eu possa perguntar, ouço Cíntia soluçar em algum lugar atrás de mim. Tento virar o corpo para ver o que está acontecendo, mas o aperto de Clara me impede. Ouço uma dezena de "vai ficar tudo bem" e mais choro.

— O que houve?

— A Sol morreu.

— Como assim? Do quê?

— A Sol já tava mal, quando amanheceu foi que descobrimos. Ela passou a madrugada gritando de dor na coluna, nós demos os remédios que tinha pra dor, não sabemos. Pode ter sido uma reação, não sei. Ninguém sabe de nada.

— Onde ela está? — pergunto, tentando me levantar, preciso ver.

— Já levaram ela — Clara responde. — Hoje queriam te levar, a gente teve que impedir. Os mascarados acharam que você também tava morta.

Liege se aproxima para despejar água em minha boca, um de seus olhos está inchado e ambos assumem coloração mais escura em contraste com sua pele branca.

— As coisas mudaram por aqui, uma nova leva chegou.

Laços de sangue

— E se eu não quiser? — responde a senhora que murmura em espanhol quando a nova chefe, Isis, ordena que ela desfaça sua cama porque, a partir deste momento, o lugar é dela.

Uma bofetada é suficiente para que a velha caia no chão. Corremos para ampará-la e, antes que possamos cogitar defendê-la, Ísis nos mostra uma faca curta. Seguro o braço de Clara para impedir um confronto. Eu também estou indignada, mas nada podemos fazer contra uma faca. Desde a morte de Sol e a chegada de outras mulheres, a dinâmica do dormitório mudou drasticamente. A inserção do novo grupo fez com que a possibilidade de vivermos em harmonia praticamente se anulasse. Pequenos grupos só se comunicam em cochichos, a imagem de todas nós em roda, tentando sobreviver em uma comunhão torta, faz parte do passado. Diferente de Sol, cujo único meio de dominância era o batismo e depois nos deixava em paz, Isis deixa claro que não está interessada em ouvir ninguém. E a violência é sua única forma de expressão.

— Puta! — a senhora resmunga, olhando para trás para garantir que Isis não esteja ouvindo. Seguro a risada quando ela põe a língua para fora e mostra o dedo médio em direção à Isis. — Isabel — ela diz e oferece a mão, como se esperasse que eu a beijasse.

— Clara, a famosa — Clara se adianta, fazendo uma reverência.

Eu não respondo. Saber o nome de alguém é algo mais íntimo do que dividir o mesmo chuveiro todos os dias. Há pessoas que simplesmente se negam a ter seus nomes revelados e os escondem por diferentes motivos. Esperar um amanhã em que seremos livres é rezar para que nunca mais tenhamos que nos ver. Era assim que eu pensava repetidamente, "quando tudo isso acabar" e todos os "se" que circulavam dentro de mim. Eu imaginei um mundo onde poderia esquecer tudo isso aqui.

Ao menos foi assim antes de Clara. Antes do chuveiro e dos sorrisos de canto quando eu beijava sua boca. Eu poderia ter inventado um nome, uma vida inteiramente diferente quando cheguei, para me defender deste lugar ou para dissociar esta vida do que vivi antes e do que viverei depois. Mas não o fiz. As únicas que sabem um pouco sobre mim são as mulheres que dividiram a travessia de dias comigo no caminhão.

— É só um nome — Clara me provoca. Acha uma grande bobagem esconder quem se é, posto que, de algum modo, estamos todas nuas.

— Me deixa em paz — respondo num tom mais áspero do que planejei. É difícil equilibrar a mágoa.

Sim, eu poderia ter inventado outra pessoa. Depois de viver com a Clara dos beijos de pescoço e orelha e a Clara da melancolia sazonal, que quer fugir e se ofende por qualquer coisa, da Clara que nem sei se é mesmo Clara, pode ser Regina, Alice, Gabriela. Apesar, e talvez por causa dessa mesma Clara que concordou em se afastar, parte de mim se arrepende de não ter inventado outra pessoa.

***

— Se você apertar demais, não vai dar certo — Liege me alerta ao ver o chumaço disforme prestes a se desmanchar em meus dedos. Com papel molhado e um pouco de habilidade com as mãos, é possível construir um dado de papel. Um cubo simples não exige ensino superior para ser executado e, ainda assim, o resultado da minha tentativa é uma bucha triste e arredondada nas pontas.

— Faz melhor — desafio.

— Deixa comigo — ela responde, moldando arestas, apertando os cantos para finalizar de forma reta. — Você perde muito tempo tentando fazer com que as coisas sejam perfeitas.

Ela me alcança o cubo. Olho para o quadrado deprimente que eu fiz e a precisão alcançada por Liege. Sei que não está falando do cubo, ela continua me encarando, à espera de que eu diga algo.

— Posso te falar uma coisa, entre nós? — digo, sabendo que Cíntia e Vanusa serão as primeiras informadas de qualquer segredo que eu compartilhe.

— Sigilo de cabeleireira — Liege responde, beijando os dedos atravessados.

— Eu sinto falta da Clara. Comigo.

— Isso é segredo pra você? — Liege ri, fazendo sinal para que nos afastemos do grande grupo.

— Eu não sei. Não me lembro de um momento na vida em que tenha me sentido mais confusa. Sinto que eu estou vivendo aqui, mas, ao mesmo tempo, não estou.

— E a Clara é algo bonito dentro desse monte de merda que a gente tá passando.

— Dá pra entender? — questiono, reparando agora em como

Liege envelheceu desde que chegamos. É bom que não tenhamos espelho, não gosto nem de imaginar como estará meu reflexo.

— Eu te entendo — ela responde, olhando na direção de Cíntia e Vanusa deitadas na cama. Um olhar de tristeza. Meu cérebro se condensa ao perceber o óbvio.

Mesmo separadas, sempre fomos eu e Clara desde o início. Agora começo a entender que o que pensávamos sobre Liege, Vanusa e Cíntia serem um trio talvez não seja inteiramente verdade.

— A Vanusa e a Cíntia...

— Deixa pra lá. Se eu fosse você, me preocupava mais em estar perto de quem você gosta. Aqui dentro a gente sobrevive como dá. E tem que agradecer por encontrar um grão de felicidade nesta prisão.

Não sou capaz de rebater esse argumento, reduzindo-me a mexer a cabeça em concordância.

— E vê se aprende a fazer os cubos direito. Depois que secar, eu te ensino a fazer as bolinhas com o sabão.

— Obrigada — agradeço e me aproximo abrindo os braços. Liege me olha com uma expressão esquisita e relaxa o rosto, retribuindo o abraço.

— Pelo visto a bonitona perdeu a namorada. — Ouço a voz de Isis atrás de mim.

As mulheres que a acompanham para todo lugar como capangas se prostram ao seu lado, em assovios, estalando os lábios. Vindo do outro lado do dormitório, Clara caminha ao nosso encontro.

— Chegou a *Barbiezinha* pra defender a mulher — Isis provoca. — Aproveita e dá uma limpada nesse chão, tá sujo.

— Vem, Clara, a gente te ajuda — digo, aproximando-me, conhecendo seu temperamento.

O rosto dela está vermelho, a fúria enrubesce sua face de tal maneira que as bochechas incham, como numa reação alérgica, mas ela se mantém calada. Seu pescoço enrijecido de tanto apertar os dentes. Pegamos os esfregões improvisados, Clara enche o balde com água. Quando termina, me encarrego de levá-lo, pois sei que sua vontade é arremessar o conteúdo na cabeça de Isis. Jogo a água misturada no piso e Clara passa uma vassoura com um pedaço de pano enrolado na ponta.

— Me diz se há coisa mais bonita do que ver burguesa limpando o chão? — Isis pronuncia, elevando a voz para que todas ouçam.

Clara levanta a cabeça em direção à Isis e dá um passo para trás, como um animal prestes a atacar. Isis cruza os braços à frente do corpo e morde os lábios, contando vantagem. Alguns passos as separam do conflito, e antes que a situação se torne um problema, o pigarro, seguido da voz rouca, anuncia:

— Atenção! Permaneçam em suas camas e aguardem seus nomes serem chamados.

Isis olha para cima e imediatamente se vira para correr junto a outras mulheres para a porta. Estamos trancadas.

***

A senhora que murmura em espanhol é a primeira. A seguir, vão sendo chamadas muitas mulheres, que têm que ser acompanhadas por alguém que possa conduzi-las nas cadeiras de rodas ou ajudá-las a caminhar. Isis e seu grupo discutem estratégias, mas nem todas têm algum tipo de arma de defesa.

— Vamos lá! — ela grita. Há uma entonação de pânico em

sua voz quando ela é chamada. Ao se despedir de suas companheiras, sussurra algo olhando para nós. O confronto apenas foi adiado.

    Nem ordem alfabética ou idade parecem dar sentido à sequência de mulheres sendo convocadas. O alto-falante anuncia a próxima, demora muitos minutos para que o seguinte nome seja dito. A rouquidão sentencia e desvela o que de mais precioso foi preservado aqui dentro: nossos nomes. Não tenho tempo de lidar com a surpresa ao reconhecer pelo sobrenome a filha de um dos grandes jornalistas do país, pois chegou a minha vez. Estremeço ao ouvir o nome que eu tanto tentei manter em sigilo. Não porque eu seja alguém importante, mas porque eu também odeio meu nome. Meu tornozelo falseia ao levantar rápido demais. Clara, ao meu lado, põe uma das mãos em minhas costas para que eu me acalme.

    — Está tudo bem — ela diz e me acompanha.

    Dando o braço a torcer, no desconhecimento do futuro, seguro seu ombro e a puxo para mim. Não quero partir sem que ela saiba.

    — Eu te amo, Clara.

Florescer

O guarda me conduz, caminhando atrás de mim. Posso ouvir apenas o barulho dos passos em contato com o chão liso e o chiado que ecoa pelas paredes, um tinido abafado a lembrar o som de uma concha.

Chegamos à bifurcação entre o refeitório e os banheiros. Ele orienta que eu siga para a esquerda, atravessando o grande salão vazio, entrecruzando por entre as mesas e cadeiras em que nos alimentamos todos os dias. Há um balcão em que recebemos nossas bandejas, um buraco quadrado no meio do mármore por onde temos um contato mínimo com os profissionais que vestem laranja em vez do branco alvo dos guardas comuns.

— Ei, feiosa — ele diz. Guardas nunca falam conosco. Nunca.

Me viro, preparada para correr. Sua mão pesada desliza em meu seio e torce meu braço para trás, de modo que fiquemos muito próximos. Ele perpassa a coleira de metal por cima da minha cabeça, sem deixar de manter pressão em meu antebraço. Com um clique, tudo fica escuro.

Ele me empurra, conduzindo a caminhada. Não há nenhuma porta nesta parte do refeitório, cinco passos para a direita e um bipe. Continuamos. O rangido da bota de borracha segue e me ajuda a contar os passos quando atravessamos a segunda porta. Caminhamos por um longo corredor.

98, 99, 100.

Mãos pesadas me conduzem para uma cadeira e meu rosto é libertado. A claridade do entorno faz meus olhos piscarem sem parar. Há uma mesa longa de madeira à minha frente, equipada com um monitor e um teclado, e uma cadeira alta de escritório, estofada em tons de azul cianeto, a contrastar com as paredes amarelo-canário. Em outro cenário, poderia facilmente relacionar tal atmosfera a uma loja dos Correios, ou mesmo a um novo supermercado próximo de onde moro. Morava.

O guarda posiciona meus pulsos na superfície do encosto de ferro, algemando-os. Ele se prostra ao meu lado e faz um movimento mínimo com a cabeça. Ouço alguém entrar na sala com um andar arrastado. O familiar ruído de plástico em atrito, das vestes de proteção que eles usam. Quando ela senta na cadeira de frente para mim, identifico-a como uma mulher de imediato.

Mesmo com a maior parte do rosto coberta pela camada de tela costurada ao resto da roupa, mechas de uma franja escapam da touca branca. As palavras lhe saem com dificuldade, em um volume tão baixo que tenho de me forçar para a frente para ouvi-la.

— Como você tem se sentido nos últimos dias?

— Como assim? — reverbero a pergunta que não faz sentido.

— Eu sou médica — ela sussurra, confirmando o que é evidente.

Como se o fato de ela ser médica pudesse transformar a interação em algo plausível. Ficamos muito doentes, sem conseguir levantar da cama, vomitando e cagando em todos os banheiros por semanas. Muitas morreram, a grávida foi levada e nunca soubemos seu paradeiro ou destino.

— Como você tem se sentido fisicamente? — ela insiste, percebendo a minha resistência em responder. — Náusea? Dor de cabeça? Alguma reação alérgica que você tenha notado?

— A dor de cabeça é constante. Náusea, às vezes. Nenhuma reação alérgica — respondo categórica.

— Notou alguma mudança em seu corpo?

— Não — minto. Uma sensação de formigamento na base da coluna em alerta para a intuição de que algo está errado.

— Perfeito — a médica responde, digitando uma porção de teclas no computador. — Eu preciso que você tire toda a roupa e deite na maca. Faça isso, por favor.

O guarda ao meu lado me desacorrenta. Levanto e viro de costas, há uma maca com dois apoios para as pernas. Estremeço ao ver onde deverei me posicionar, meu corpo paralisa nas memórias de anos de consulta em que tudo estava bem até não estar. A vida era corrida e eu estava sempre deixando para depois, o diagnóstico veio tarde demais. Separação. Divórcio. Sem filhos.

Meu corpo desperta na batida do guarda que me empurra com o bastão.

— Nós não temos o dia todo. Tira a roupa e deita ali.

Não sou capaz de responder, o lábio trêmulo sela minha boca. Retiro minhas roupas e as deixo numa cadeira encostada à maca. Levanto as pernas, posicionando os joelhos nos encostos. A médica se aproxima e confere meus olhos, aproximando um suporte de luz que me deixa tonta. Consigo ver um grande pingente de cruz com pequenas pedrinhas roxas na gargantilha em seu pescoço. Ela se inclina, movimenta as palmas ao redor da minha garganta, apalpa meus seios e afunda os dedos enluvados pelos meus flancos. Ela se dirige para os meus pés e cutuca a sola com algum tipo de cano. Posso vê-la posicionar a luz entre meus joelhos. Quando afasta meus lábios para ter acesso aos meus órgãos, sinto uma pontada no útero, antecipando a introdução de um aparelho pelo meu canal vaginal.

— Fica tranquila, não vai doer — ela diz, como os médicos sempre fazem para prevenir uma dor que é certa, mas definida protocolarmente como "um possível desconforto". Eu conheço cada passo desse tipo de exame invasivo. Um desconforto é passível, tolerável para quem não o está sentindo.

Me concentro em não tensionar os músculos e aumentar o sofrimento para que o processo termine mais rápido. O desconforto do objeto estranho me faz ranger os dentes na medida em que ela pressiona mais fundo. Com um estalo, o material frio aperta minhas paredes internas, que o empurram para fora, e eu aguardo. Respiro fundo para impedir que o corpo responda à dor com contração. Durante alguns segundos, nada acontece, ela então reposiciona a luz para baixo e olho para o teto, focando minha atenção nos painéis de LED em formato cilíndrico que iluminam a sala. Não sinto o raspar de uma escovinha como é comum em exames como o Papanicolau. Ela para imediatamente, retirando o instrumento médico de dentro de mim de forma abrupta. O alívio é imediato, mas logo inicia uma cólica aguda na região do baixo ventre.

— Pode colocar a roupa.

Sento na maca e deslizo para fora. O guarda me alcança vestes novas, de um tom de vermelho, completamente diferente do uniforme anterior. Há um número na altura do peito: 2303. Mal tenho tempo para tentar formular uma pergunta, se está tudo bem.

O guarda recoloca a coleira em meu pescoço, prendendo meu rosto na escuridão da máscara de metal.

***

Sou guiada para a frente e, na descida de um lance de escadas, minha pulseira de identificação é conectada em duas pessoas. Agarro ambas as mãos, a da frente, trêmula, umedece meus dedos, que escorregam, mas não a solto. Somos conduzidas e eu recomeço a contagem:

37

38

39

112, 113, 114.

Cada passo.

Diagonal à esquerda. Diagonal à direita.

205, 206, 207.

264, 265, 266.

Seguro mais forte a mão que me guia e a que levo comigo. O tremor se acentua de tal modo que não sou capaz de dizer se estou tremendo ou apenas ressoando a recorrente.

324.

As pulseiras são desconectadas e eu não resisto. A mão da frente tenta agarrar mais forte e eu a empurro, pois sei que haverá o golpe caso não nos desconectemos. Eu havia resistido uma vez e aprendi a lição.

Minha cabeça é libertada, e é quando descubro que a pessoa à minha frente é Isis. Estamos em outro dormitório, revestido com paredes coloridas em tons pastéis e camas com colchões duplicados. Há uma parede de vidro por toda a extensão, por onde é possível enxergar saletas de descanso com sofás e poltronas retráteis, por onde mulheres trajando uniformes vermelhos estão espalhadas. Avanço para a multidão de mulheres que, ao nos verem chegar, caminham em nossa direção.

Reconheço a grávida e corro para alcançá-la. A estupefação por vê-la viva faz com que a dor e o cansaço desapareçam. Paro à sua frente, sem saber o que dizer. Ela me olha, a expressão fechada. Tinha razão, afinal. Eu havia perdido qualquer esperança de vê-la novamente para poder pedir desculpas por ter gritado com ela e por toda a mágoa que se formou como bola de neve.

— Nós achamos que...

— Elisa! — uma voz conhecida grita atrás de mim.

Em câmera lenta, minha boca se abre na surpresa de ver Isis correr para abraçar a mulher grávida.

— Minha irmã! — ela diz.

Elas se abraçam e choram, riem e retornam a chorar novamente. Em choque, não consigo me mexer. Como não havíamos reparado a semelhança entre elas? A diferença é o corte de cabelo de Isis e seu rosto envelhecido por algumas cicatrizes. Mas elas, indubitavelmente, são gêmeas.

— O que aconteceu com você? — Isis pergunta.

A grávida olha diretamente para mim e começa a contar os acontecimentos desde que chegou. Ouço o início do seu relato, a contar o episódio em que eu e outras mulheres gritamos com ela e que por isso teve de ser protegida. Me afasto das duas, tentando encontrar alguma das mulheres que conheço, mas a única possível aliada é alguém tão frágil e velha quanto eu.

A mulher que murmura em espanhol

— Se a gente permanecer juntas, vai ser melhor — digo com exagerado carinho. Não quero deixar transparente minha preocupação com Clara. A senhora resmunga palavrões, amaldiçoando a esmo.

— Você sabe como elas chegaram aqui? — insisto, e me abaixo, forçando a coluna. A cólica cada vez mais forte faz com que o esforço se transforme numa agulhada no baixo ventre. Me aproximo de seu ouvido, preciso que ela me ouça. E me responda. — A gente precisa descobrir o que está acontecendo.

Ela balança uma das mãos como se espantasse uma mosca, deixando claro que sua atenção está exclusivamente no jogo de truco. Como ela fez amizade em poucas horas é um enigma para mim. Juntas, na mesa, na partida com ela, as quatro mulheres demonstram nítida insatisfação por eu estar atrapalhando o jogo. Uma porção de balas de mel estão espalhadas na mesa como moeda de troca.

— Truco — ela diz e encara as adversárias.

Uma das mulheres da mesa ri e estala os lábios:

— Retruco.

— *Mierda* — a senhora que murmura em espanhol diz e, em um movimento, joga as cartas no rosto da adversária.

Quando ela derruba a mesa em cima de todas, há um misto de surpresa e indignação. A senhora recolhe uma porção de balas de mel e sai em disparada da sala. As mulheres se levantam e olham para mim, e eu saio correndo atrás dela.

— Isabel! Para de correr! — digo, lembrando seu nome.

Ela olha para trás e solta uma gargalhada. Caminho mais rápido para tentar alcançá-la, mas ela é muito mais veloz do que demonstrou durante todo o tempo que passamos juntas no dormitório. Seus cabelos cacheados desaparecem na curva do próximo corredor; em seu encalço, ignoro o latejar das têmporas. Ouço os passos vindo atrás da gente e acelero a corrida. Em frente a uma porta amarela, Isabel insere uma comprida lâmina de ponta arredondada em um dos cantos da tela, que provavelmente controla a fechadura. O painel desliga e ela suspira com êxito.

O som de passos se aproxima e eu a vejo abrir a porta e entrar. Sigo-a, selando a entrada. Estamos em uma espécie de ala hospitalar com inúmeras camas e monitores de sinais vitais. O local parece desativado, embora não haja qualquer indício de poeira ou desgaste do tempo. Isabel prossegue, adentrando uma antessala revestida parcialmente com vidro, como um centro de observação. Todos os aparelhos estão desligados.

Com a mesma lâmina de ponta arredondada, ela abre um painel, acendendo a tela diante de nós, que revela, em seu processo de inicialização, o desenho de um grande inseto de corpo largo e branco, com a cabeça castanha, semelhante a um cupim de madeira. Isabel franze a testa e olha da tela para mim e para a tela novamente. O sistema começa a carregar lentamente.

— Isabel, acho melhor a gente ir embora — digo, sem forças, minha voz enfraquecida pelo incômodo constante da cólica e por ler em seu rosto que ela não sairá.

Isabel liga outros painéis e passa a controlá-los, não há imagens, apenas um emaranhado de códigos em números e símbolos. Como se tivesse acabado de levar um susto, ela se inclina pra trás na cadeira e quase cai. A expressão em seu rosto vai das sobrancelhas arqueadas em dúvida ao sorriso aberto de consternação e felicidade em alguns segundos.

— O que você descobriu? — Toco seu ombro para que ela preste atenção.

Ela não responde, coloca o dedo em frente aos lábios para pedir silêncio. Observo ao redor, sem conseguir encontrar qualquer indício de câmeras de vigilância. Ela desliga os monitores e faz sinal para que abandonemos a sala.

Caminho ao seu lado. Ela aponta para a curva do próximo corredor e confiro se está vazio. Retornamos pelo mesmo caminho percorrido, mas, antes de chegarmos à última bifurcação, ela dobra, guiando-me para a área dos lavatórios.

Diferente das instalações do outro complexo em que eu estava, há cabines individuais para banho. As paredes são revestidas em azulejos, formando flores e desenhos convergentes. Me assusto com o movimento repentino de um guarda na porta, não consigo distinguir se é homem ou mulher.

— Isabel, fala comigo — insisto.

Ela pega uma toalha em uma parede de armários repletos de roupas novas e utensílios de banho e vai para os chuveiros, fazendo sinal com a cabeça para que eu a siga. Sob o olhar do guarda, que agora reconheço como um homem pela coçada insistente no meio das pernas, faço o mesmo, entrando no box ao seu lado. Retiro minhas vestes, a água quente alivia a dor, relaxo as costas contra a parede gelada e espero. A música inicia muito baixa, como um encantamento dito em segredo, o espanhol amacia a melodia, e Isabel canta:

Triana, Triana

Qué bonita está Triana

Não compreendo sua mensagem e nem sei se devo esperá-la ou continuar tomando banho. Deixo a água correr por meu corpo, atenta ao barulho do chuveiro ao lado:

Cuando le ponen al puente

Las banderitas gitanas

Ela continua entoando cada letra num choro cantado e sofrido que eu jamais presenciei. Ouço a melodia desconhecida e tenho vontade de chorar.

***

Pergunto novamente o que ela descobriu. Isabel caminha ao meu lado, resmungando. Estamos quase chegando ao dormitório, posso ver três guardas na porta, o que é estranho. Um arrepio na nuca me paralisa.

— Vamos dar a volta e seguir pelas salas transparentes — impeço Isabel de continuar, e ela aquiesce. Vejo refletido em seus olhos castanhos muito abertos que ela também pressentiu.

Meu coração acelera a cada passada, a primeira tossida de irritação me alerta, tenho dificuldade para engolir, como se alguma coisa estivesse presa à minha garganta. Toda vez que sinto o presságio de perigo, meu pescoço incha, como se um grande caroço se inflasse pela minha faringe. Entramos na primeira sala de descanso, uma mulher está parada na porta de correr.

— Elas estão aqui! — ela grita e corre para nós.

Me volto para a saída, correndo o mais rápido que consigo.

Isabel está muito na frente, seu corpo magro dispara em alta velocidade. Meus pés se atrapalham na ansiedade em fugir e eu tropeço, caindo no chão.

— Corre, Isabel! — grito ao ver que ela hesita.

Tento me levantar e uma rasteira me derruba novamente. Meu tornozelo lateja junto às batidas do meu coração.

— Levanta — a voz de Isis estremece meu corpo. — Hoje tu vai aprender.

Arrasto o pé dolorido, caminhando de volta aos dormitórios. A cada passo falseado, uma dor aguda sobe pela minha panturrilha. Quando entramos na área comum, somos recebidas com gritos e uivos. Sou empurrada para o espaço do meio entre as camas, vacilo em desequilíbrio, mas consigo me manter em pé. Alguém alcançou Isabel, pois muitas vociferam novamente, olhando em algum ponto atrás de mim:

— Devolve o que você roubou, velha desgraçada!

Isabel é jogada no chão à minha frente. Seus cabelos brancos estão manchados de sangue, o nariz parece deslocado para a direita.

— E se ela for louca? — alguém pergunta.

— Louca vai roubar isso pra quê? — Isis grita, mostrando a lâmina de ponta arredondada.

Uma outra mulher se aproxima com um lençol em trouxa enrolado nas mãos. Ela golpeia Isabel nas costas e o barulho do tecido em contato com o osso me assusta. Os gemidos abafados de dor são acompanhados por risadas e olhares de compaixão.

— Aqui dentro não toleramos roubo! — Isis grita. — Muito menos quem maltrata grávidas!

O tecido atinge minhas costelas. Há algum tipo de material

duro como pedra dentro do pano enrolado. O golpe seguinte me atinge o rosto e meu lábio se fende no meio. Sinto um dente amolecer instantaneamente. No terceiro, minhas pernas bambeiam e eu despenco no chão.

— Pra que as duas não se esqueçam disso — Isis diz, levantando meu rosto.

Sinto o calor da lâmina antes que ela afunde na carne. A queimação me faz gritar de dor quando o objeto quente corta novamente, deslizando em minha pele como se ela fosse de papel. As lágrimas se misturam ao sangue que escorre pelo queixo. O cheiro de carne queimada me dá náuseas.

Antes de sucumbir, vejo ao longe o borrão de uma cabeça loura a correr em minha direção.

***

Um caleidoscópio de cores e texturas se expande, do verde-musgo ao cobre. Estendo a mão para tocar a superfície que se condensa, se liquefazendo e reconstituindo até formar a estrutura de uma porta. Sorrio. Mais uma vez, deu certo. A angústia que eu sinto me corta por dentro. Eu não conseguiria mais viver sem ti.

A porta se abre. A ansiedade aumenta, acho que nunca vou me acostumar. Passo horas ignorando sua existência, incapaz de me lembrar de você, de você! Para quando finalmente estiver aqui e ansiar pelo momento que a gente vai se ver de novo. Parece que quando eu estou chegando, quase te alcançando, meu peito dispara de excitação, é como se fosse sempre a primeira vez. De certa forma, é. Meus olhos se inundam ao dar conta de tua imagem. Nunca haverá palavras para definir a magnitude de estar contigo. Eu te respiro, vou tocando cada partezinha, quero te encher de beijos, me perder em ti. Quero que tudo isso jamais tenha fim.

Nesses segundos de contemplação, décadas passariam e eu nem notaria. Você me invade. A urgência é recíproca, você se enfia por onde dá, como se conferisse que tudo está em seu devido lugar. Meus lábios se abrem para serem preenchidos por ti, ao mesmo tempo, não consigo deixar de emitir suspiros baixinhos, é quase uma lamentação de gratidão e completude. Minha respiração me entrega, salivo no beijo molhado de súplica, sem desviar os olhos, presa na cadência de movimentos que me dilaceram por dentro. Minha alma se contorce e o peito, arqueado, revela o limite. Você demanda que eu escorra, me desmanche sobre ti. Em transe, me entrego, mergulhando nas águas profundas e negras do infinito da tua essência.

***

O desejo dói porque coisas belas são difíceis.
Das maneiras mais singelas e inócuas
De se perder na dor do outro
Daquilo que falta ser, ter medo do exterior
Dou a chance para que se repita
Sem precisar de nenhuma certeza
Que eu anseio como uma criança faminta
Respirando saudade
Sufoco
    Haverá o amanhã colorido?

Horizonte

— Para de coçar! — a voz de Clara me desperta. Sinto seus braços sobre meus ombros, na tentativa de me abraçar mesmo eu estando deitada. Minha bochecha pinica e dói, coloco os dedos na superfície da pele, identificando o vinco formado pelo corte.

— Onde tá a Isabel? — questiono, começando a sentir uma pressão incômoda no pé.

— Tá aqui na cama ao lado — ela responde.

Abro os olhos, meu tornozelo está enfaixado. Liege está na ponta da cama, com os cabelos curtos. Reconheço-a apenas pelo ruivo das poucas madeixas, seu rosto está desfigurado, os olhos inchados apresentam uma coloração de roxo escurecida, há inúmeros vergões em seu pescoço. Ainda assim, consigo enxergar a raiva em seu olhar.

— A gente foi pra cima delas — Clara desabafa.

Olho para ela, que tenta sorrir, reparo em seus lábios inchados, a ferida em seu rosto, antes cicatrizada, reaberta.

— Clara! — digo, sem conseguir formular uma frase.

— Estamos bem. Eu tô bem, não se preocupa.

Meu peito se enche de fúria. Sento com dificuldade. Liege alcança uma garrafa de água para Clara, que me ajuda a bebericar. Quando o líquido passa pela gengiva, gemo de dor em reação à temperatura fria com o espaço vazio onde deveria estar o meu dente. Passo a língua no buraco e o gosto ferroso de sangue aumenta quando o pressiono.

— Isso não pode continuar assim — digo. Não há como suportar continuar vivendo dessa maneira. Alguém precisa tomar uma providência.

Elas se entreolham.

— A gente tem um plano. Pra fugir — Clara sussurra em meu ouvido.

Não confio em seu tom, percebo a mentira. Pressinto alguma coisa errada e, antes que ela continue a falar, pergunto:

— Onde estão a Vanusa e a Cíntia?

— Você não viu a Cíntia? — Liege indaga em um tom elevado, a voz embargada.

— Como assim? — questiono.

Vejo o repuxar de canto de boca que Clara costuma ter em resposta a algo que não concorda.

— Depois que você desmaiou, os guardas te levaram. Você ficou em algum lugar por três dias. Eles te deixaram aqui hoje mais cedo. Foram eles que imobilizaram seu pé.

Tento puxar a memória, a confusão traz tontura.

— Eu não, não sei. Pra mim, tudo aconteceu ontem.

— Eu falei — diz Clara para Liege, e volta-se para mim. — Do jeito que te trouxeram, você tava completamente dopada.

— Eu juro, eu não lembro.

Liege se levanta e sai. Clara revira os olhos, me colocando em seu colo. Ela envolve meus cabelos com carinho, passando os dedos na bochecha que não está machucada. Ela se inclina e beija meus lábios de forma muito delicada. Deve estar com dor, como eu.

— Eu não esqueci o que você disse... — ela murmura olhando em meus olhos. — Eu também te amo.

***

"Atenção, os números a seguir devem ir imediatamente para o refeitório", anuncia o alto-falante. De mãos dadas, eu e Clara nos olhamos. Isabel e outras três mulheres foram chamadas assim que acordamos e não regressaram. A ordem sequencial nos faz sentir parcialmente aliviadas pois pelo menos os números de Liege já passaram, ainda restam os nossos.

"Atenção, aquelas cujos números forem chamados, dirijam-se para o refeitório", reforça o alto-falante. "2257, 2294, 2303 e 2324". Nos despedimos de Vanusa e Liege com um "até depois". Nos movemos com as duas mulheres, uma delas é justamente a que me agrediu com o lençol. Caminhamos em silêncio por todo o trajeto, um guarda nos acompanha.

Como esperado, assim que chegamos ao refeitório, nossas cabeças são colocadas no capacete e perdemos a visão. Conto uma porta, 46 passos, uma viagem de elevador, 14 passos à esquerda. Sou posicionada de forma que eu precise deitar, mas não sou acorrentada. Quando minha cabeça é libertada, observo a sala ampla em que estou. Há cadeiras estofadas e pufes dispostos a certa distância um do outro, a iluminação indireta faz com que o ambiente seja aconchegante. O guarda abandona a sala, deixando-me com a mulher à minha frente. Diferente das demais vestes dos trabalhadores do lugar, ela usa um macacão de proteção inteiramente transparente, deixando à mostra o conjunto de calça social e blusa bege de manga comprida. Sua cabeça é coberta por um capacete transparente, com uma camada telada, deixando o rosto visível.

— Olá, meu nome é Helena. — Ela sorri, fazendo sinal para a mesinha ao lado. Seus lábios pintados em rosa clarinho se movem, revelando dentes muito brancos. — Você quer água ou café? Eu certamente não posso tomar, mas fique à vontade — continua, erguendo as mãos em referência aos trajes plastificados, tentando fazer piada, acho.

Ela me lembra as famosas da televisão, com seus grandes cabelos lisos de aplique e sorrisos de porcelana. Não gosto do que vejo. Permaneço encarando-a sem entender aonde quer chegar, mas adivinhando possibilidades pela pausa ritmada das palavras e pelo sorrisinho que não se desmancha.

— Não quero, obrigada — respondo. Tudo parece muito suspeito, de jeito nenhum vou tomar uma xícara de café.

— Eu sou médica — a mulher afirma em um tom tranquilizador que me enche de repulsa. — Estarei aqui disponível para conversarmos. A partir de hoje, nos encontraremos todos os dias.

— Conversar sobre o quê?

— Sobre o que sentir vontade de compartilhar comigo. Meu objetivo é te ajudar no processo de preparação para que você retorne para casa.

De súbito, uma dor no peito se alastra até meu estômago, como a sensação de subir um elevador muito rápido. A pressão baixa faz com que minha cabeça penda para trás. Tomo fôlego, tentando conter o coração acelerado pelas palavras que acabei de ouvir.

— O isolamento está quase no fim. Você irá para casa logo. Quer uma água? Sei que é muita coisa pra processar, por isso nós vamos trabalhar juntas pra que você esteja pronta para essa nova fase.

Pergunto quando poderei ir embora.

— A previsão é que vocês sejam liberadas em duas semanas. Meus olhos se estreitam na leitura da expressão facial que aparenta transmitir verdade.

— Me conta um pouco de você. Sei que você é professora, certo?

As monossílabas de receio tornam-se gradualmente uma amálgama de relatos sobre a rotina na escola. Toda a falta daquilo que me faz sentir pertencente ao mundo e dá significado aos meus dias vai se atropelando em histórias. Eu não sabia que precisava tanto falar sobre o meu ofício até começar. Ela vai ouvindo, sem intervir diretamente, balançando a cabeça e fazendo comentários em perguntas, mobilizando que eu fale mais e mais. Não é como se eu não soubesse que o objetivo é justamente esse. Quando o silêncio se faz constante, a euforia em rememorar dá lugar à tristeza. Reviver lembranças desperta a nostalgia de tempos que eu tinha sufocado dentro de mim.

— Como você tem lidado com as dificuldades aqui dentro?

— Depende do que você chama de dificuldades — digo, apontando para a ferida em meu rosto, suscitando a angústia pela imobilidade da situação. Sinto um calor nos olhos, as bochechas molhadas a revelar o choro. Limpo o rosto, desviando o olhar, a raiva sobe à garganta.

A médica se levanta para posicionar uma caixa de lenços na minha frente. Olho para a caixa como olharia um inseto que insiste em viver depois de esmagado, a repulsa amarga a saliva. Estou exausta de tudo isso.

Com falsa preocupação, ela indaga o que estou sentindo.

Quero despejar tudo, gritar para que ela se cale, me arrependendo de falar demais, recuando mentalmente para não deixar escapar mais do que deveria, querendo esbofeteá-la, arrancar suas roupas e infectá-la com seja lá o que eu tenho e me trouxe aqui. Respiro fundo, contendo o soluço do berro de dor que rasga a garganta tentando se libertar.

— Eu tenho uma proposta pra você. Vamos fazer um exercício, tenho certeza de que vai se sentir melhor. Me deixa te ajudar.

A fúria não me permite responder, evito encará-la. Ela não parece estar armada, apenas alguns passos e eu poderia facilmente atacá-la, se o elemento surpresa me ajudar. A raiva escorre por meu rosto em grossas lágrimas de impotência e eu levanto meu queixo para confrontar seu semblante de compaixão e a parede de vidro escuro. Certamente, não estamos sozinhas, há mais pessoas vigiando, anotando, estudando os desdobramentos da chaga que nos acometeu. Relaxo o peito, controlando as emoções, retomando os desejos de um amanhã melhor, na concretude do que ainda existe lá fora.

— Respira comigo.

Acomodo as costas, afundando o peso na superfície estofada, a espuma se conforma ao meu corpo. Farei o que for preciso para sair daqui.

— O som da minha voz te acompanhará — ela inicia.

Uma melodia tranquila, com o dedilhar de uma harpa e sons de água, vai aumentando no ambiente.

— Inspira um, dois. Expira três, quatro... Seu corpo quer relaxar... Inspira um, dois. Expira três, quatro... Perceba seus pulmões expandindo. Perceba sua respiração. Inspirando. Expirando... Inspira um, dois, três. Expira quatro, cinco, seis.... Calma.

Meus membros estão tensos. Ajeito as costas, fazendo com que toda a extensão da coluna se alongue.

— Perceba seus pulmões expandindo. Se retraindo... Inspira um, dois, três. Expira quatro, cinco, seis. Inspira um, dois, três, quatro. Expira cinco, seis, sete, oito... Por uma jornada de relaxamento profundo.

Fecho os olhos com força, inspirando e expirando o melhor que consigo. Farei tudo que estiver ao meu alcance para sair daqui.

— Apenas perceba o fluxo do ar. O ar que entra e se espalha dentro de você. A energia se renovando em cada pequena parte... Perceba o caminho da respiração cada vez mais tranquila.

Encaixo as mãos em cima do abdômen, afastando os pés, posicionando os calcanhares para dentro.

— Muito bem... O ar entra e sai. Perceba o movimento da sua respiração. Do seu tórax. Do seu abdômen... Este é o seu momento. Nada mais existe, apenas você. Permita-se olhar para dentro de si... Observe, perceba o seu mundo interno... Muito bem.

A música aumenta, ouço a correnteza e o timbre suave de uma flauta.

— Um relaxamento profundo... Cada vez mais profundo. Olhe para dentro profundamente. Apenas você... Isso. Relaxa... Olhe para dentro profundamente. Se feche para o mundo externo. O que importa é apenas você. Cada sensação experimentada te aproxima mais... Seu corpo quer relaxar. Sua mente está livre. Seu corpo se prepara. Sua mente sabe o que fazer. Seu espírito sabe onde ir... Permita-se. Permita-se. Permita-se. Permita-se. Permita-se. Permita-se. Permita-se. Permita-se. Permita-se. Permita-se. Permita-se. Permita-se. Permita-se. Permita-se. Permita-se. Permita-se. Permita-se. Permita-se.

Permita-se. Permita-se. Permita-se. Permita-se. Permita-se. Permita-se. Permita-se. Permita-se.

Enxergo apenas o negrume do interior das pálpebras, com pequenos feixes de luz rizomáticos que tremulam os olhos. O relaxamento está funcionando. Engulo saliva continuamente, lacrimejo, sinto frio por dentro, não consigo mexer meu corpo. A música ecoa dentro de mim, ouço o badalo de um sino, sua voz repetindo incessantemente: "permita-se, permita-se, permita-se". O sino retumba em ondas crescentes pelo meu corpo. Sua voz se amplifica, firme, uma ordem:

— Quando eu lhe fizer uma pergunta, quero que você responda sim ou não.

***

— *Eu gosto dessa saia de cigana.*

Balanço de um lado pro outro pra agitar os guizos de ferro presos ao cordão. É minha roupa preferida. A vó tem uma igual.

— *Vó, tenho fome.*

A vó não responde. Mas eu vejo ela lá na cozinha mexendo as panelas. Será que vai demorar muito pra ficar pronto?

— *Eu vou pular, vó. Vó! Olha o que eu sei fazer!*

A vó não se mexe. Mas eu tô vendo os braço dela,

— *1, 2, 3, 4, 5, mil. Eu vou ser presidente do Brasil. 1, 2, 3, 4, 5, cem. Não, não, não, não tem pra ninguém. Pulando, pulando, pra cima, pra frente, pro lado, pro outro. Vó, eu faço isso. Olha!*

Vou chegando na porta. A vó não gosta que eu brinque aqui, mas eu já sou grande.

— *Pra cima, pra frente, pro lado, pro outro. Eu danço, danço, danço,*

danço, danço, danço. Eu rebolo a cinturinha fazendo barulhinho. *Eu sou uma cigana. Ci-ga-na. Pra cima, pra frente, pro lado.*

Meu pé pisa em falso na saia e eu despenco onde tinha que ter o degrau. Minha mãe tá estendendo roupa do outro lado do pátio, ela joga o balde longe, assustada. Vou caindo olhando pra baixo, a pedra que o vizinho colocou aqui na frente da porta, vou caindo, tem a ponta, minha cabeça vai quebrar, a mãe grita "filha", a vó tá gritando, a ponta tá mais perto.

Uma coisa tá me puxando.

A ponta tá ficando longe.

A mãe tá ficando perto, a vó tá ficando perto.

A pedra tá lá embaixo, elas estão assustadas, eu tô ficando alta. Eu paro no degrau.

Olho pra coisa que me segurou no ar e começo a chorar. Muito grande, tudo preto.

A mãe me abraça e me leva pra vó. Me dão gotinha pra dormir. Tão falando de cochicho. Eu tô com sono. Elas tão discutindo, a mãe tá braba com a vó. Tão falando baixinho que, quando eu crescer, eu vou esquecer, que os anjo visitam as crianças. Mas isso não é um anjo, a coisa tá na minha frente.

***

— Essa foi a primeira vez que você viu?
— Sim.

***

— Nossa. — Bocejo, espichando o corpo sobre o divã.

— É normal dormir durante o relaxamento. Amanhã nos vemos — a médica diz.

O guarda espera a confirmação, ela assente com a cabeça e ele cobre meu rosto com o capacete.

***

— Como foi pra você? — Clara pergunta, entrelaçando os dedos nos meus.

Acaricio suas bochechas com cuidado para não tocar nos machucados. Disse a ela que relaxei e dormi, mas que estou meio triste.

— A gente vai sair disso.

— Eu sei. Mas, e se o que eles disseram for verdade? — pergunto, temendo a resposta.

Clara senta na cama, resoluta, e declara que isso não importa, pois precisamos sair daqui. Depois, volta a deitar, dando o assunto por encerrado. Afasto seus cabelos ondulados para que ela preste atenção:

— Eu tô com uma sensação por dentro, de coisa ruim.

— Vamos seguir com o plano.

Estado Novo

— O que você está sentindo hoje? — a médica pergunta, acomodando-se na cadeira à minha frente.

Engulo em seco, preciso me manter distante para que tudo dê certo. Não posso vacilar.

— Triste — respondo. Preciso contar os segundos.

— O que faz você se sentir triste?

— Estar aqui. — Respostas curtas, 59, 60. Finco a ponta da unha no braço. Passaram-se cinco minutos.

— Você sabe que essa é uma situação temporária. Logo você irá para casa. Saber disso te dá alguma outra perspectiva?

— Não sei. — 34, 35, 36, 37, 38, 39, 40, 41, 42, 43, 44.

— Você já conversou com algum médico antes?

— Não — minto. 14, 15, 16, 17, 18, 19.

— Eu gostaria que hoje a gente abordasse sobre o motivo de você estar aqui.

— Tudo bem. — 35, 36, 37, 38.

— Primeiro, gostaria de reforçar que não é sua culpa o que aconteceu. Não havia como adivinhar que um medicamento tão popular sofreria esse *acidente*.

— Eu sei. — 58, 59, 60.

— Quando você começou a tomar *Saudália*?

— Ah... faz doze anos, mais ou menos. — Perco a contagem e pulo para o próximo minuto.

— E você começou o tratamento por qual motivo?

— Pra emagrecer e pra curar a insônia. — 38, 39, 40.

Ela permanece em silêncio. Antes de dar mais cinco minutos, mexo o corpo como se ajeitasse na cadeira, para fincar novamente a marca no braço.

— Eu sempre tive dificuldade em emagrecer. O remédio foi a saída que eu encontrei. — 29, 30, 31, 32.

— E como isso funcionou pra você?

— Funcionou bem. Emagreci trinta e dois quilos no total.

— Você chegou então ao seu peso ideal?

— Sim, mas decidi continuar o tratamento. — 39, 40, 41. — Eu estava cansada de tentar inúmeros métodos que não funcionaram. E o remédio me ajudava a não ter pesadelos.

— Como era a relação com o seu corpo? Você sempre esteve em sobrepeso ou chegou a períodos em que isso não te incomodou?

— Isso sempre me incomodou — respondo com sinceridade, perdendo a contagem novamente.

— Você saberia dizer quando ou como foi a origem desse incômodo?

— Eu nunca estive satisfeita com o meu corpo. — 23, 24, 25. — Era uma grande questão pra minha família, as mulheres sempre foram magras, eu era a única exceção, desde muito nova.

— Vejo que a situação da sua família parece ser um assunto delicado pra você.

Finco o bico da unha mais fundo desta vez. Sinto a dor mais forte de um corte.

— Hoje eu gostaria de fazer outro relaxamento, pra que a gente trabalhe juntas a tua ansiedade.

Encaro-a, detestando o modo apreensivo com que ela descarrega as palavras.

— Lembre-se que eu estou aqui para te ajudar nessa transição.

Me acomodo no divã. 34, 35, 36. Me concentro na contagem, precisarei fingir que estou relaxada para que não desconfie.

— Fecha os olhos.

A música ambiente é iniciada. 55, 56, 57. O barulho da água da chuva me faz sentir o cheiro de terra molhada.

— Inspira um, dois. Expira três, quatro.

22, 23, 24.

— Perceba sua respiração. Inspirando. Expirando.

55, 56, 57.

— Perceba seus pulmões expandindo. Se retraindo.

40, 41, 42.

— A energia se renovando em cada pequena parte.

5, 6, 7.

— Este é o seu momento. Nada mais existe. Apenas você.

Cravo a unha na pele. 1, 2, 3.

— Cada sensação experimentada te aproxima mais, seu corpo quer relaxar, sua mente está livre, ela sabe o que fazer, seu espírito sabe aonde ir.

Afundo a unha no braço, sem recordar dessa parte do relaxamento. Quando a médica começa a repetir para que eu permita, o arrepio sobe a coluna, a pele se enruga. 1, 2, 3.

— Permita-se.

3, 4, 5.

— Permita-se.

12, 13, 14.

— Permita-se.

***

— Quando eu lhe fizer uma pergunta, quero que você responda sim ou não.

— Sim.

— Você tem capacidade de imaginação?

— Sim.

— Imagine que agora sua capacidade de imaginação se amplifica, ela está se expandindo, se abrindo, se transformando num recurso poderoso que já está instalado em sua mente de maneira consciente, sendo ativado agora. Isso, muito bem. Apenas imagine que você é capaz de recordar e todos os momentos em que mais esteve feliz passam diante de seus olhos agora. Todos esses momentos estão passando na sua frente. Quando eu assoprar, sua mente vai selecionar um desses momentos, um momento em que sua mente vai te permitir ir dentro de você. Esse momento está vindo, você vai poder vê-lo quando eu assoprar. Permita seu corpo receber esse momento. Relaxe ainda mais. Você está entrando num relaxamento mais profundo. Permita-se, vivencie, ouça, veja. Você está num estado cada vez mais profundo... isso, muito bem. Se entregue. Se permita. Nesse momento em que você está relaxando, escutando o som da minha voz, sua mente está começando a aflorar, permitindo agora visualizar um ambiente. Imagine que você está num ambiente cercado por portas em todos os lados. Isso. Muito bem.

Caminho num infinito corredor. Todas as portas estão fechadas. À direita, uma porta coberta apenas por miçangas chama minha atenção, é idêntica à entrada do primeiro apartamento onde morei sozinha. Sigo passando por portas de metal, outras de plástico, há porteiras de madeira, como as antigas entradas de um sítio, e portais parecidos com arcos de lugares espirituais.

Vejo a entrada de uma caverna em que nada pode ser visto, apenas a escuridão, essa porta me assusta. Continuo caminhando, cada passo é como pisar em solo macio. Há uma portinhola azul pequena, do tamanho de uma abertura para cachorro, acho-a engraçada e me pergunto se poderia acessá-la.

— Você está no controle. Você pode responder sim quando eu lhe pedir. Você pode acessar todas essas portas, mas somente uma delas, neste momento, é a que você quer entrar. Isso. Perceba ao seu redor, há mais a ser visto. Há alguma porta que chama mais sua atenção?

— Sim — digo. Meu coração dispara ao ver a porta da minha antiga casa, onde morei durante anos com meu ex-marido. A porta do nosso quarto que tínhamos comprado numa liquidação de portas antigas, uma porta vermelha. Minhas tias haviam dito que não fazia bem ter porta vermelha em casa. A base lascada dos arranhões do nosso primeiro gato, a maçaneta pintada de dourado.

— Você já buscava essa porta, ela contém todas as informações que você busca. Essa é uma porta do conhecimento, que vai permitir que você vá além de tudo que possa imaginar. Você já esteve nessa porta. Dirija-se até ela, a porta se abrirá automaticamente para lhe receber.

***

Posso ouvir a porta do quarto se fechar e o som dos passos se aproximando em algum lugar atrás de mim. Respiro fundo, me concentrando na janela à frente, tentando segurar a excitação que me toma. A umidade desce pelas coxas, uma surpresinha pra você, meu amor. Na posição em que estou, você pode ver tudo. Mantenho as pernas firmes, sabendo que você me olha, respeitei suas palavras, subi pro quarto, tirei a roupa, estou te esperando de quatro.

Não pestanejo com ordens, hoje você quem vai mandar. Ouço sua risada, quanto tempo mais vai me fazer esperar?

— Quietinha — tua voz reverbera quando teus lábios encostam em minha orelha. Gosto do jogo que você propôs.

Tento inspirar o ar calmamente, ante a expectativa do que você fará comigo. Eu posso te ouvir respirar atrás de mim, e o fato de você estar me olhando nessa posição me faz sentir uma pontadinha de pudor. Estou inteiramente aberta, a teu dispor. O primeiro tapa me assusta. Não machucou, quero que você marque território. Serei silêncio para te irritar, você gosta de me ouvir falar. Outro tapa, mais forte, o rastro quente lateja. Não digo nada. Nem um gemido sequer. Você belisca a parte interna da minha coxa, cerro os dentes para não uivar de dor, meu ponto fraco. Você belisca torcendo o ângulo. Me queixo entredentes, sem conseguir conter um gritinho abafado. Sua risada rouca de satisfação. Vai apertar mais. Grito. Meus olhos se enchem de lágrimas e eu sorrio, na sensação de prazer fincada pela dor. Você para.

Você sempre para. Você sabe cortar no exato momento para que eu implore por mais, você sabe que eu quero tudo. Espero que você não me deixe aqui como da última vez, sofri tanto te esperando de quatro por todo aquele tempo, você foi à academia, ao mercado. Eu juro, não me mexi. Você não acredita, mas é verdade. Eu te esperei.

Você me cutuca de lado, quer que eu levante? Ajeito as costas para me erguer e você me coloca de volta no lugar. Quando teus dedos invadem meu cu sem aviso, a mão livre reinicia outra série de tapas. Arquejo, a mão não hesita, gemo baixinho quando você coloca mais três dedos na boceta.

— *Eu sei que você gosta.*

Escorro em teus dedos e tento controlar a cintura para que ela não revele o êxtase, senão você vai parar de novo. Seus dedos cada vez mais agressivos me machucam e abrem por dentro. Não há cuidado no toque. Você se enfia em mim, meu peito desaba no chão por um segundo, me apoio novamente, sendo pressionada para a frente. Você deita minha cabeça no chão, tateando, torce meus mamilos e pede silêncio. Lamentos abafados denunciam meu deleite. Você segura minha cintura, os dedos cravam a pele. Você desacelera.

— *Quer mais?*

Não consigo responder, você se enfia mais fundo, agarra meus cabelos, pressiona meu corpo para baixo. Sei que está próximo. Sinto uma dor aguda na nuca, você estende a mão e abre o punho para deixar caírem os tufos de cabelo.

— *Quero mais.*

— *Quietinha* —- você sussurra, a voz sufocada.

Teus quadris me pressionam. Você morde meu ombro e, nesse momento, meu corpo se retém.

— *Bota a camisinha. A gente não pode vacilar.*

Você não me solta, vai mais rápido.

— *Fica calma.*

— *A gente não pode vacilar, Diogo.*

Você continua e eu tento me afastar. Horrorizada, tento me virar, já chega.

— *Tô falando sério* — digo, colocando a mão para trás para tentar te afastar. Você sabe que não podemos brincar com isso. A gente acabou de se casar.

— *Quietinha* — você diz, e neste momento eu te odeio.

Meus olhos se enchem de lágrimas, a visão embaçada em solavancos. Você se move para frente e para trás, é como se eu estivesse sentindo tudo em câmera lenta, e ao mesmo tempo, não estou mais aqui. Eu quero que você pare e perceba que não está certo. A primeira lágrima cai e eu vejo na nossa frente um quadrado enorme, como um grande armário negro que não estava ali há um segundo. A figura se mexe e eu berro, você estremece dentro de mim e eu caio com o corpo inteiramente no chão. Levanto a cabeça e não há mais nada lá, esfrego os olhos e nada acontece. Meu corpo está inteiramente arrepiado, numa espécie de déjà vu. Você me envolve num abraço, acaricia meu ombro, pega meu rosto em suas mãos e beija meu rosto.

— A gente é casado!

— Você sabe muito bem que eu não quero ter filhos agora.

Você está irritado. Já conversamos sobre isso, custa entender? Sim, eu te amo, sim, eu quero passar o resto dos meus dias contigo, mas agora eu quero que a gente aproveite a nossa vida, as nossas viagens, você sabe. Não é o momento.

Você diz que está tudo bem, mas não está.

— Eu te espero pra gente assistir a uma série — digo, tentando segurar um sorriso ao te ver se preparar para ir à academia. Achei que esta noite seria só nossa, mas tudo bem. Sei que você está chateado.

Te vejo sair e minha garganta fica embargada, eu deveria falar mais o que eu sinto, mas não consigo. Eu te amo demais. Talvez amar seja também ceder.

Ainda nua, olho para o lugar onde vi a figura negra. Que ilusão de ótica bizarra que eu tive. Deve ser o estresse. Melhor eu descansar. Coloco a touca de cetim, passo o creme no rosto. Pego na cabeceira o remédio para emagrecer e engulo as duas pílulas diárias para garantir a magreza e mais uma noite sem sonhos.

***

— Você gostaria de permanecer aqui?
— Não.

***

Quando o coração falar, escreva

Me disseram que o amor
Chega quando a gente menos espera
Que nos acalenta e nos envolve
E nos deixa bambas das pernas

Mas já ouvi dizer que o amor aceita tudo
Até mesmo a violência
Não, ele não quis dizer isso
Por favor, preta, tenha paciência!

Uma amiga disse que por amor
Vale tudo, inclusive aceitar
E quando ele chegar de madrugada
Espera o outro dia, pra que brigar?

Ele sempre vai dizer
Você não vai encontrar outro homem como eu!
É verdade, eu preciso aceitar
Pra manter o que é meu

Será? Será que vale a pena aguentar?
Chorar no travesseiro, dormir infeliz
Só pra não terminar?

***

Desperto assustada. A médica me olha sorrindo e diz:

— Fico feliz que você tenha conseguido relaxar.

Desnorteada, tento me levantar e imediatamente sinto uma tontura nas pernas.

— Acho que sua perna deve ter adormecido também, dá uma esticada. — Ela sorri.

O guarda entra e espera. Alongo meu joelho, mexendo até que o membro volte ao normal. Ela se despede, avisa que nos veremos amanhã e faz sinal para o guarda, que cobre meu rosto com o capacete.

***

— Conseguiu? — Clara pergunta desconfiada. Fala baixo, pois a fila segue vagarosa.

— Eu não consegui. Não o tempo todo, desculpa.

— Pra sua sorte, eu consegui. Pelos meus cálculos, a gente fica lá no máximo três horas. É esse o tempo que a gente tem.

Para que ninguém nos ouça, me aproximo de seu rosto e pergunto se ela tem certeza.

— Tenho. Vamos começar outra vida lá fora. Vamos fugir, viver na estrada, qualquer coisa será melhor que aqui.

— Obrigada — digo, pegando uma bandeja de comida e lhe entregando. — Obrigada por não ter desistido de mim.

— Obrigada você por ter me salvado desde o começo!

— Respeita a vez — o grito acompanha as bandejas caindo no chão.

Isis e sua trupe riem, olhando para a comida no chão. Liege, que está atrás da gente, se lança para cima da maior e Clara, desatenta, leva o primeiro golpe no estômago. Pela primeira vez, há mais de dez guardas no refeitório, mas, como estátuas de mármore, eles não intervêm. Desfiro golpes o mais rápido que consigo.

— Quem você pensa que é, *Barbiezinha*? — Isis berra, socando o rosto de Clara.

Liege se adianta para defender e passa a trocar chutes e pontapés com duas mulheres que tentam agarrar seus cabelos. Sou separada delas, tento me aproximar para acudi-las, mas meu corpo não é mais jovem, a primeira pancada nas costelas e eu sinto o estalo do osso partido.

— Vai defender tua namoradinha? — Isis diz ao meu ouvido, segurando meu rosto.

Tento desviar do tapa inclinando o corpo para trás. Ela atinge minha barriga com os punhos fechados. Sem ar, minha visão se duplica. Sou lançada para o lado, caindo com o peso por cima do ombro. A dor é imediata, minha cabeça bate no chão.

Ouço mais vozes, batidas e frases distantes. Um zumbido abafado ecoa no meu ouvido esquerdo. Os guardas se aproximam. Uma bota verde pisa na minha mão. Clara está deitada de costas e não se mexe. Os guardas se dividem para intervir. Vejo Liege ser segurada pelos braços e o golpe que atinge seu rosto em cheio. Seu corpo é liberado e o próximo golpe vira seu rosto para trás. Ela é lançada e gira por um segundo, em seguida, despenca de lado, virada para mim, o pescoço em um ângulo estranho, com a boca aberta a mostrar os dentes ensanguentados. Sei que ela está morta antes que o guarda confira sua respiração.

***

O plano

Não há mais tempo. Meu rosto é descoberto. A médica está sentada com os braços apoiados no colo. Ela sorri e me oferece um copo de água. O suor escorre por meus cotovelos, limpo as mãos na calça para disfarçar.

— Como você está se sentindo hoje? — a médica pergunta, acomodando-se na cadeira à minha frente.

Engulo em seco, não posso vacilar. Preciso agir rápido para que ela não tenha tempo de reagir. Não respondo, permaneço com a boca fechada, sinto os cantos cortados.

— Eu sei que você deve estar muito triste por tudo que aconteceu.

Engulo a saliva com cuidado, mantendo a mandíbula presa, minha língua começa a sangrar. Continuo em silêncio.

— Eu estou aqui pra te ajudar, você pode confiar em mim.

Dou de ombros, o gosto de sangue inunda minha boca. Minutos se passam e ela finalmente desiste:

— Tudo bem, podemos ir direto para o nosso relaxamento, pode ser?

Afirmo com um movimento com a cabeça, deito e fecho os olhos. Deixarei que ela conduza até chegar a hora certa, me concentro. A música ambiente é iniciada.

— Inspira um, dois. Expira três, quatro... Perceba seus pulmões expandindo. Se retraindo.

"Não!", grito dentro de mim.

— Cada sensação experimentada te aproxima mais, seu corpo quer relaxar, sua mente está livre, ela sabe o que fazer, seu espírito sabe aonde ir.

"Não! Você não vai me controlar."

— Permita-se. Permita-se. Permita-se.

Abro os olhos e avanço, cuspindo a faca improvisada de escova de dente. A médica faz menção de se levantar, mas consigo ser mais rápida. Agarro-a pelo braço, deixando a lâmina na altura do pescoço.

— Você vai matar a nós duas.

— Você vai me ajudar a sair daqui agora.

— Eu não posso fazer isso — ela diz.

Aperto a parte afiada mais fundo, abre-se um rasgo no macacão de proteção.

— Me escuta, se nós sairmos desta sala, nós duas vamos morrer.

Não confio em sua voz, empurro-a para a porta.

— Abre. — Aponto para a fechadura.

Ela aproxima o pulso da fechadura digital. Há um guarda no corredor, ele aponta a arma em minha direção, mas não atira.

— SOLTA ELA! — ele grita.

— Deixa a gente passar e nada vai acontecer com ela — digo com a voz firme, segurando a lâmina com a mão trêmula. — Abaixa a arma — reitero, empurrando a médica.

Há muitas portas. Olho para a médica e vejo seu olhar rápido na direção de uma delas, e, querendo evitá-la, ela se move para a esquerda. Seguro seu braço e a empurro para essa porta. O guarda grita, movendo a mão que segura a arma de acordo com meus movimentos. Decido avançar, sem perdê-lo de vista. Se ele fosse atirar, já teria feito isso. A médica abre a sala e nós entramos.

— Que merda é essa? — A estrutura interna é completamente diferente, estamos em um túnel parcialmente iluminado.

Caminho vacilante, segurando firme a médica ao meu lado. Quanto mais avançamos, a temperatura diminui, e noto o indício de um riacho que passa a nos acompanhar por todo o trajeto. Passamos por galerias de diferentes alturas, com formações gigantescas de estalactites que se formam em gotejamentos do teto ao chão.

Sigo o caminho das águas. O movimento rápido de um animal aos meus pés me assusta, forço os olhos para entender a origem dos guinchos. Observo um grupo de ratos, parecidos com uma toupeira inteiramente sem pelos. Sentindo nossa presença, eles desaparecem.

— Que lugar é esse? — repito.

A médica não responde. Andamos com dificuldade, o terreno fica íngreme. É possível ver uma iluminação roxa distante. Passamos por colunas e torres de pedra, passarelas que levam a outros corredores. A luz anormal me atrai e eu equilibro os pulsos para manter a mãos firmes entre guiar a médica e não tropeçar.

Perto da enorme entrada da caverna, há inúmeros cristais nas paredes em gotejamentos em formatos de pérolas. A luz púrpura se torna mais intensa. Quando entramos, quase deixo a faca improvisada cair. O teto é revestido de ametistas, como um colossal geodo em abóbada. Uma cascata jorra um grande volume de água, formando um lago, e há um feixe de luz que emana de seu epicentro. Acompanho a luminosidade até enxergar os tubos que saem por toda a circunferência. Me aproximo, deixando a médica para trás, e tropeço no terreno rochoso misturado ao vapor da água. Chego à beira do lago e agora posso ver uma extensão de caixões transparentes. Entro na água até conseguir enxergar o que está dentro: caixas de vidro conectando dezenas de mulheres submersas. Corro de um lado a outro para ver se conheço alguém.

Com espanto, encontro o caixão de Cíntia, há cânulas conectadas em sua cabeça, na fronte e na altura do abdômen. Abaixo da cintura, apenas carne viva dilacerada.

— Ela não está morta. — A médica marcha para mim com as mãos espalmadas, mas não entra na água.

— Não chega perto de mim. — Olho de volta para Cíntia, o rosto pálido, com aparência marmorizada nos ombros e no peito. Avanço para a próxima: Isabel, a face azulada. Me apoio na superfície de vidro e começo a chorar.

— Eu posso ajudar. Me deixa ajudar.

— Não se aproxima! — grito.

Sem entender o que tudo isso significa, sinto que jamais sairei daqui. Desabo na água. A esta altura, Clara deve estar morta. Suplico para que esteja viva e tenha conseguido sair deste lugar. Berro o mais forte que meus pulmões aguentam para expelir toda a raiva que guardo dentro de mim, me esgoelo em soluços, não há escapatória. O que fizeram com essas mulheres? O que fizeram com Isabel? Meu tornozelo fraqueja e eu caio de joelhos, batendo o braço na coxa, abrindo um corte profundo, ainda estou com a faca improvisada na mão. Olho para o objeto e minha respiração se acalma, há um jeito de eliminar toda a dor. Ergo a escova no ar e a lanço para o pulso.

Antes que a ponta rasgue a pele, uma força descomunal irrompe de mim, em um chute que emana de meu ventre, empurrando minha cintura para dentro da água.

Sentinela

— Eu me importo. Tem certeza que você tá bem? — Diogo me olha com ares de pena e não há um minuto que eu o tenha desprezado mais do que agora.

Viro o corpo para o outro lado. Ele toca em minhas costas e se levanta. Com os olhos semicerrados, vejo-o pegar a última mala e partir.

Ponto final. Dezessete anos que não mais importam. Ele deixou a casa para mim, em um ato de piedade, como frisou a mãe dele. Afinal, eu sempre fui a professora sem dinheiro que não tinha onde cair morta. Dezessete anos em que os sonhos dele eram mais importantes. Quantas vezes a mãe dele me questionou sobre a minha decisão de continuar trabalhando. Para que se eu podia ser dona de casa?

A única coisa que eu acertei. Onde eu estaria hoje sem marido e sem emprego? Provavelmente, sem ter terminado a graduação. Meu nariz escorre, não me dou o trabalho de limpar. Pego a garrafa de vinho escondida embaixo da cama e engulo o líquido como se fosse água. A língua entorpece e eu sinto um rápido alívio. O telefone toca, Diogo deve ter ligado para algum de nossos amigos pedindo que alguém me desse algum tipo de apoio. Dezessete anos!

Nem uma chance para conversas, terapias, apenas assim, acabou. Um término abrupto que tem nome e sobrenome, e certamente metade da minha idade. Tomo outro gole e me encaro no espelho ao pé da cama, o retrato do fracasso. Tenho vergonha de estar assim, não sei se serei capaz de voltar para a sala de aula. Soluço, sem saber se é consequência do choro ou do álcool.

 Pego a caneta e o papel. Não sei por onde começar. Ignoro as milhares de poesias que concebo em minha cabeça para bater o martelo de que não sou capaz de escrever uma linha. Penso em Diogo, no dia do nosso casamento, das nossas viagens. Quero o rompante dos filmes, queimar fotografias, rasgar roupas, cortar o cabelo e iniciar um novo capítulo. Abro outra garrafa de vinho, entorno o líquido. Boto uma playlist qualquer e vou pulando as músicas até encontrar canções que vão me ajudar a me sentir miserável:

Nem sei por que você se foi
Quantas saudades eu senti
E de tristezas vou viver
E aquele adeus, não pude dar

 Canto com Tim Maia e, interpretando a letra, falo com um Diogo imaginário. No refrão, a poesia começa a se formar:

Eu gostava tanto de você
Que no início não percebi
Não queria ver
O que eu representava pra ti

Você chegou na minha vida sem pedir licença
Se aconchegou no meu peito
Me fez ver estrelas
E agora como eu sinto falta da tua presença

Mas pra você, nossa história foi fogo e paixão
Que se acabava quando eu não estava contigo
Quando te perdi, senti tão pesado meu coração
Não perdi só meu marido, perdi meu melhor amigo

Se ele fosse meu melhor amigo, não teria me deixado assim. Não teria buscado outra pessoa. Bebo outro gole, ignorando a acidez na garganta. Se ele fosse meu amigo, não teria levado os meus livros do Cortázar dizendo que eram dele. Ele não teria ido embora sabendo que eu não estou bem. Eu não vou ficar bem. Eu não quero ficar bem. O Diogo é um escroto. Imbecil. Viro a garrafa, concordo com o meu reflexo no espelho. O Diogo nunca me mereceu, ele me deu migalhas. Eu fui aceitando até onde deu. Mas eu me lembro, eu nunca esqueci, de quando ele falou que me amava, mas que sabia que eu seria uma péssima esposa porque não iria poder me moldar. O que mais ele queria de mim? Eu dei tudo; mesmo o que eu resisti no início, depois eu dei. E para quê?

É nisso que eu penso
Quando bate a solidão
Parece que me esqueço
Que pra mim você só soube dizer não

Não pras minhas manias
Pra minha escrita, pra minha liberdade
Não pras minhas companhias
Desejando que eu fosse a mulher de verdade

Mulher que não reclama
esposa que limpa e ainda traz sorriso
Mulher que não se ama
Mas que te apoia quando é preciso

Eu nunca fui o que você esperava
E você nunca foi o que eu enxerguei
Eu via o homem que me amava
Não o monstro que, de certa forma, eu criei

— *Eu sei... eu sei, eu sei, eu sei* — *digo, respondendo ao papel.*

Eu sei que não!
Eu não posso me sentir responsável!
Quando penso em cada palavra que eu silenciei
É nítido que eu permiti o inaceitável

Hoje eu trago a mágoa do amor
Do homem que me deixou pra depois
Trago as marcas do filho perdido
De um futuro que eu sonhei pra nós dois.

Rabisco o título: Promessas despedaçadas. Uma poesia ridícula para um fim ridículo. É tudo que o Diogo me deu. Eu prometi ficar bem, me alimentar, seguir em frente. Não quero e não vou. Pego o frasco novo de remédios: oitenta e quatro pílulas. Vou juntando rápido tudo que tenho. Quanto mais rápido, menos tempo para pensar. Acabou.
    Engulo uma pílula seguida da outra, faço-as descerem com o vinho.

Me encaro no espelho, choro, acabou. Antes de chegar ao segundo frasco, vejo na janela atrás de mim um sobretudo preto em movimento. Me viro para ver melhor, a forma aumenta, não é um sobretudo. A sombra vai se avolumando e eu deixo a garrafa cair no chão. Quando a superfície negra e espessa como uma casca encosta em meu corpo, grito de susto. A coisa se liquefaz, sendo absorvida pela minha pele.

Uma profusão de imagens invade minha mente. Meu corpo se levanta, caminha para o banheiro, coloca o dedo médio na garganta e vomita até não restar mais nada. Sem conseguir apreender tudo ao mesmo tempo, me vejo criança sendo salva pelo anjo negro, a mesma criatura que me resgatou quando me afoguei na praia, que levava os espíritos maus embora. Cenas se sobrepõem: nós enlaçados num continuum espaço-tempo, a reviver em profundidade cada preenchimento, cada gesto inconcebível pelas leis dos homens, a minha entrega total, a sua entrega imperdoável, condenado para sempre pelos seus.

— Por favor, não me deixa de novo! — suplico.

Sento na cama e, em desatino, olho meu reflexo no espelho. A dor de cabeça é insuportável, o gosto de vômito acentuado me causa náuseas. Olho para a mancha de vinho no tapete e uma porção de remédios ao lado da cama.

— Que perigo! Definitivamente, não posso mais beber!

***

— Você se lembra de quando isso começou?

— Eu acho que eu era criança... não sei... Sabe quando você sonha com uma pessoa que não tem um rosto?

— E como você se lembra desses sonhos?

— Eu lembro agora, sonho direto com essa pessoa... Sei que

parece louco, mas é como se eu sentisse um amor de outro lugar, não sei explicar direito.

— Essa pessoa é um homem ou uma mulher? — ela pergunta, fazendo anotações na caderneta.

Tento puxar a memória, mas nada vem. Sonho a vida inteira com alguém sem poder distinguir quem é.

— Eu não sei. Acho que pode ter algo a ver com a minha bissexualidade.

***

Sua pele quente encosta na minha. Os dedos se tocam, respiro o cheiro de campo, almiscarado e amargo. Um cheiro verde. Meus joelhos te tocam, quero ficar mais perto, abro os olhos e vejo a névoa que te cobre. Quero que sejamos mais que um quadro de Magritte.

Como posso beijar teus lábios sobre o véu que nos separa?

Entendo seu receio, o franzir da sua estrutura, como um gato diante de uma botija de água. Quero te sentir em sua complexidade, não tenho medo do que possa ver. Estou preparada, meu amor.

Se a todo universo destina-se a obsessão por aquilo que não entende, não me deixe no escuro. Eu não aguentaria. Não importa quantas vezes você fuja de mim, existir por si só é uma coisa estranha. Você é capaz de me ver, mas você realmente me enxerga?

Sempre fui poeta aqui dentro. O mundo não precisa de mais poesias do lado de fora. Eu podia ter sido mais arte e menos chão. Vivi a vida inteira lendo os outros, nunca aprendi a destruir a fome. Não precisa fazer sentido, você me entende.

Quero te ver, quero te sentir.
Se não for hoje,
Quando?
u
a
n
d
o?

***

Tento te apreender por inteiro. Há coisas demais para ver. Posso tocar? O dorso da minha mão passeia por teus sinais, desbravando cicatrizes e queimaduras. Por onde você se alimenta?

O choque inicial se abranda, substituído pelo estalo. Apalpo as camadas que se desdobram ora duras, ora escorregadias. Você é a coisa mais bela que eu já vi em minha vida. Aliso o contorno das marcas e as variadas formas, até onde posso alcançar no alto, nas reentrâncias, nas laterais. Subo as mãos, o líquido se liberta como gotículas de vapor e eu as absorvo com o rosto, pequeninos de você a me fazer cócegas na pele.

Desculpa, não queria te machucar. De onde são essas cicatrizes? Todos eles estão dentro de você? Me parece ser uma maneira justa de vencer uma batalha.

É por isso que você sempre muda. Mas por que você me protege se você deve apenas observar? O que vocês descobriram? O que vocês querem de nós?

Teu manto me cobre, abro a boca para receber bolinhas coloridas, os símbolos desenhados da tua energia a se mesclar com a minha alma. O vazio será incapaz de me alcançar.

Você se dissolve e se multiplica, como uma coisa inacabada. Quero desajeitar, você cola em mim em sucção, desprendendo-se em morfose que agora abocanha. Aceito o afago sem me preocupar, você me mastiga e eu sinto o doce sabor de crisântemos vermelhos. Meu espírito arde em brasa, sob tua guarda eu me desfaço.

Guardo você dentro de mim, como um segredo.

**

Aonde estamos indo? Quero estar com você. Tua ausência me pesa o corpo, faz temer tua não existência. Onde estamos?

Três sóis! A cidade dos arcos, sua terra natal, veja! Raios de gelo se constroem de baixo para cima, montanhas flutuam sem gravidade. O que é aquilo? Pequenina e azul. Tenho medo dessa porta. Vamos juntos, no três! O que é esse painel? Que lugar vazio. Vou prestar atenção, ver com os sentidos. O que é aquilo se mexendo, do tamanho de um prédio? A criatura corre ao encalço de um ser muito menor. Eles correm até que a criatura menor se feche dentro de um baú. Aquela criaturinha é você? Por que a cena está se repetindo?

Foi assim que você fugiu. Isso está acontecendo? Agora? Por que você me trouxe aqui? As paredes da caverna começam a ruir, luzes se acendem, revelando milhares de painéis, com guardiões a guiarem seus protegidos. O cenário fica cada vez mais claro. Vejo Cíntia a calcular uma rota para vencer o lacre no tempo; Isabel canta um tango triste, tenta distrair a criatura.

Finalmente compreendo. Você nunca foi apenas meu.

Grito a plenos pulmões, quero que ouçam, vejo milhares de você como sentinelas. As pessoas começam a desaparecer, num átimo de segundo, algumas assustadas, outras surpresas, muitas, enfim, com a face de compreensão. É doloroso demais descobrir que o que de mais perfeito possa existir, para além da compreensão, não é algo que só você vive. Sou descartável, como milhares de outras mulheres que você usa, parasita!

Olho para você, sua estrutura começa a se desmanchar. Meu corpo também começa a se dissolver, sinto outro chute dentro de mim. O que você fez? O que nós fizemos? A vida a clamar o respiro dentro de mim, parte de você e de mim. Não pode acabar assim, me ajuda, quero juntar seus pedaços, não quero que você morra, eu não estou pronta para morrer, eu permit...

***

Abaixo
Altero
   Avanço
Arrrrrepio
Amo
.Altero.
Alimento
A
f
u
n
d
o
Assim
Almejo
Aqui
Anseio
Ainda
Aguardo

— Respira!

Abro os olhos. Clara se debruça sobre meu peito.

— Graças a Deus! Eu achei que você... — Ela me abraça, suas lágrimas caem como gotas pesadas em meu corpo.

A médica está morta, Clara segura uma espingarda.

— Vamos embora daqui! — Ela me puxa para fora do lago.

— Espera! — eu digo e lhe beijo os lábios. Aperto seus ombros, envolvo seu pescoço com meus braços.

A lágrima de adeus refletida na surpresa em seus olhos será a última coisa que sentirei neste corpo.

Amparo

Acolho

Aceito.

Mergulho, passando por um corpo com cabelos loiros estranhamente familiar. Somos um, eu e você. Estamos prontos para ser cicatriz e renascer, para encontrar outro abrigo e sonhar até finalmente despertar dentro do sonho.

Esta obra foi produzida em Arno Pro Light 13 para a Editora Malê e impressa na **Renovagraf** em outubro de 2024.